潮新書

島内景二
SHIMAUCHI Keiji

源氏物語ものがたり

284

新潮社

源氏物語ものがたり ● 目次

はじめに

源氏物語は、とにかく不思議な作品である。その存在自体が、ミステリアスなのだ。作者の通称が「紫式部」だったという事実だけはわかっているが、その本名も、生まれた年も、亡くなった年も、わからない。

一〇〇八年十一月一日に、源氏物語が書き継がれていた事実が幸いに判明している。だが、いつから書き始められ、いつ書き終わったのか、そもそもの執筆動機がどういうもので、作者の念頭にあった読者が誰だったのかは、わからない。

源氏物語が、最初から現在の通りの五十四帖《じょう》だったのか、そして実際にはどういう順番で作者が書いていったのかも、わからない。それに、五十四帖すべてを「紫式部」一人が書いたのかも、疑いだしたら際限がない。

古写本を見ると、どれ一つとして本文が一致するものはなく、ある物は微妙に違い、ある物はひどくかけ離れている。だから、紫式部が実際に書いた本文が、現在まで正しく伝わったかどうかの確証もない。

しかも、日本語の変化のスピードは速いので、現代人が源氏物語の本文を正確に理解することは大変にむずかしい。通読するには、相当な時間と労力を要する。

いつから、この物語は真実のわからないミステリアスな存在になったのだろうか。

そして、いつから、この不思議な物語の謎解きが始まったのだろうか。

むろん、源氏物語が書かれた直後から、いくつもわからないことが発生し、そのつど謎解きがなされてきたのだろう。

大きな区切りとなるのが、一二二五年である。紫式部の時代からは二百年くらい後である。藤原定家は、膨大な漢文日記『明月記』を残している。その一二二五年二月十六日には、前の年の十一月から家族を総動員して源氏物語の全巻を筆写させていたが、この日にその作業が完了し、表紙を付けて整えた、と書いてある。

この時、「どういう本文で源氏物語を読めばよいのか」という疑問に対して、大きな中間報告書がまとめられた。その時から現在まで、さまざまなチャレンジがなされてきた。それらを総称して、「源氏物語プロジェクト」と呼びたい。この巨大な文化プロジエクトは、その後八百年間も展開され、今でも継続中である。

現代企業が大きなプロジェクトに挑むときには、「プロジェクト・チーム」を立ち上げるのが普通である。一人の強烈なカリスマ性を持ったチーム・リーダーのもとに、個性的なメンバーが結集し、挫折や失敗を繰り返しながらも希望を捨てず、チーム一丸となって難題に挑みつづけ、時間切れで断念する直前に奇跡が起きて大成功がもたらされる、という劇的ストーリー展開となれば一件落着であろう。

だが、「源氏物語プロジェクト」の場合には、組織の総力を挙げて難題に挑むのではなく、個人が知能の限りを尽くして挑戦するかたちを取った。あくまで、個人研究なのだ。一つには文学が共同研究にはなじまず、一人の作者と一人の読者との「魂の会話」を原点としているからだろう。読者は、一対一で、作者に向かい合いたいのだ。

しかし、「個人研究」であっても、それが「書物」という形態を取って完成すれば、後の時代の人物が「個人研究」を開始する際の貴重な参考例になる。その成果がまた書物となってまとまり、さらに次の時代の「個人研究」に寄与する……。

それが八百年の長きにわたって、連鎖反応（ドミノ現象）のように起きつづけた。結果として「源氏物語プロジェクト」は、時空を隔てた一種の共同研究のようにも見える。日本を代表する文化人たちが、総力を挙げて挑み続けたからである。

山登りの好きな人は、初めて登頂する山であっても、登山ルートが整備してあるので心強かった経験をお持ちだろう。源氏物語を読み始めると、「先人」たちの努力で源氏物語の頂上に向けていくつもの登攀ルートが開拓され、整備され、つまずきそうな難所では手すりやチェーンまで完備していることに驚き、感謝せずにはいられなくなる。

けれども、どの整備された登攀ルートも、なぜか八合目か九合目くらいから、すべて消えてしまう。しかも困ったことに、登り始める前に麓から見上げたときには、この山の頂は一つしか見えなかったけれども、八合目付近まで登ってくると、この山には複数の山頂が密集していることがわかり、どこが「最高地点」なのかわからず、混乱してしまう。登山者は、自分の目と直感を信じて、最高地点とみなした山頂を目指し、道なき道を歩まねばならない。

ここから先、源氏物語の頂上にアタックするには、最後の最後で「個人の力」となるのだ。ここまでの道を付けてくれた先輩たちに感謝しながら、たぶん自分の力では頂上への登攀は成功しないだろうけれども、そして、もしかしたら自分の登ろうとしている頂が最高地点ではないかもしれないけれども、十メートルでも二十メートルでも、新たな道を切り開き、整備しておくことが、先輩たちへの恩返しであり、次の時代の後輩たちへの思いやりだ、と気づかされる。

これから紹介するのは、源氏物語に取り憑かれ、この永遠の処女峰に登頂したいという大いなる夢を胸に秘め、それ以前の登攀ルートを飛躍的に延長することに成功した人たちの記録である。

彼らは、憧れをしっかりと自分の手に摑み取るために、明瞭な「戦略」と練り上げられた「方法論」とを持っていた。だから、次々と襲いかかる妨害や試練に耐えて、めざましい成果を挙げることができた。

不思議なことに、彼らの奮闘によってできた「道」は、光源氏が歩んだ人生の「道」とも似ているし、紫式部が源氏物語を創作した「道筋」とも似通っている。

源氏物語を愛し、この物語に取り憑かれた人は、結果として自分の人生を一編の「物語」にしてしまうのだ。

司馬遼太郎の『竜馬がゆく』には、吉田松陰の言葉が引用されている。「男子たる者は、自分の人生を一編の詩にすることが大事だ」。この一言に鼓舞されて、桂小五郎《かつらこごろう》（木戸《きど》孝允《たかよし》）の人生が決定づけられた。源氏物語を読むと、紫式部の肉声が聞こえてくる。「人間たる者は、自分の人生を一編の物語にすることが大事です」

その声に勇気づけられて、男たちや女たちは、源氏物語という難攻不落の未踏峰に挑みつづけた。源氏物語という山の最高地点に登攀できた人物はまだいないかもしれないが、「源氏物語を愛した人々」は数多く、彼らは人生のすべてをこの物語に捧げた。つまり、「源氏物語を生きた人々」なのだ。だから、一人一人の人生の歩みは、「ミニ源氏物語」となる。

これから、「大いなる源氏物語」に魅せられた九人の巨人たちが織りなした「九編のミニ源氏物語」を紹介する。その物語は、一編一編は完結している。全部積み重ねても、源氏物語の高さには及ばないかもしれない。だが、「源氏物語を愛した人たちの物語」を通して、源氏物語の真実にたどり着くことも、決して不可能ではない。

本書では、九編の「ミニ源氏物語」のプロローグとして、謎に満ちた物語を書いた紫式部本人について語る。そしてエピローグは、十人目の「源氏物語に取り憑かれた人間」としての「あなたの物語」である。

第一章　紫式部——すべては謎の覆面作者から始まった

菊池容斎「前賢故実」より
（東京大学総合図書館蔵）

生没年未詳の物語作者。経歴には、謎が多い。漢学者の藤原為時《ためとき》を父として生まれる。本名を藤原香子（読み方も未確定）とする説には、確証がない。生まれた年も不明だが、一〇〇八年の『紫式部日記』の記述によれば、源氏物語を執筆中に、彼女は老眼になり始めている。すると、三十五歳前後か。そこから逆算すれば、九七三年前後に誕生したことになる。

没年も、一〇一四、一〇一九、一〇三一年などの諸説があって、はっきりしない。だが少なくとも、源氏物語を執筆中に死去したのではない。この物語は一見すると中途半端なかたちで中絶したように見えるが、現在の姿で完結している。

紫式部は、幼くして母親と死別し、父・姉・弟と暮らした。父と一緒に、越前国に下った経験がある。晩婚で、九九八年頃に四十歳を過ぎた藤原宣孝《のぶたか》と結婚し、一人娘の賢子（大弐三位《だいにのさんみ》）を産むが、一〇〇一年に夫は病没。

一〇〇五年頃、一条天皇の中宮彰子《しょうし》（藤原道長の娘）に仕える。和泉式部・赤染衛門などと同僚になり、絢爛たる「才女・賢女の時代」を築きあげた。一条天皇の皇后定子に仕えた清少納言とは、ライバル関係。

著作として、源氏物語、『紫式部日記』、家集《かしゅう》（個人歌集）として『紫式部集』を残した。源氏物語は、日本文学史上に燦然と輝く傑作であり、後世に大きな影響を与えた。

イギリスでは、ダーク・エイジ

西暦二〇〇八年は、源氏物語の千年紀に当たる節目の年である。紫式部がこの物語を書いていた一〇〇八年頃の世界は、どういう状況だったのだろうか。

イギリスに長く留学して、経済学を研究した友人がいる。彼は専門外の日本文学にも留学中興味を持ったらしく、帰国直後に源氏物語や歌舞伎について、私を質問攻めにしたことがあった。

紫式部が五十四巻から成る大長編を書いたのが十一世紀の初めだったと教えると、彼は口をあんぐり開けて言ったものだ。

「十一世紀の初めだって？　それじゃ、イギリスはまだ、ダーク・エイジだよ。そんな時代に、日本文化が全盛時代を迎えていたとはまったく知らなかった」

この時に彼が口にした「ダーク・エイジ」という言葉が、いまだに忘れられない。

一九二五年に刊行が開始されたアーサー・ウェイリーの六巻本からなる英語訳を通して、初めて源氏物語を知ったイギリスの知識人たちも、同じような感想を漏らしている。『灯台へ』や『ダロウェイ夫人』で知られる女性作家のヴァージニア・ウルフ（一八八二～一九四一）も、第一巻を読んだ直後に、驚きを隠さなかった一人である。

イギリス人の先祖たちが絶え間なく人間や猪と戦い、森や沼に苦しめられ、「カッコウが、うるさく鳴いている」という粗野な叫び声そのままの幼稚な詩を作っていた時代に、地球の向こう側ではレディ・ムラサキが男女の恋の心理を繊細に描いていた……。ウルフは、彼女の源氏論をそのように書き始めている。

源氏物語は、世界文学の奇跡である。

心に訴える感動の強さ

ただし「贔屓《ひいき》の引き倒し」ではないが、源氏物語には少しばかり過大評価ないし誤解されているレッテルがある。先ほど紹介した経済学者の友人は、彼の念頭にある源氏物語のイメージを話してくれたが、そのいくつかは正確ではなかった。

たとえば、「源氏物語は世界最古の物語である」という言い方は、正しくない。日本人は、「俳句は世界最小の詩型である」というような表現が好きだから、それと同じ発想なのだろうとは思う。

だが「世界最古の文学」という点では、古代バビロニアのギルガメッシュ伝説がある。日本での「最古の物語」ならば、源氏物語以前に、「物語の出で来《いでき》始めの祖《おや》」とされる

『竹取物語』があった。また、『伊勢物語』も、源氏物語よりも数十年早く書かれている。だから、源氏物語を「世界最古の物語」と認定することはできない。

それで言い方を複雑にして、「源氏物語は、世界最古の長編物語である」という誉め言葉も考案されている。確かに源氏物語は長編だが、もっと長い作品は世界各国にある。『うつほ物語』は、源氏物語の五分の三くらいの分量だが、誰が見ても（読んでも）長編物語である。しかも源氏物語よりは、二、三十年は古い。

源氏物語は、必ずしも世界最古でも世界最長でもないが、世界で最も深みのある感動的な作品の一つである。この物語の素晴らしさは、文字数とか、登場人物の総数とか、書かれた時代の古さとか、描かれている歳月の長さとかの数字で計れる領域にはない。読者の心に訴えてくるインパクトが、強烈なのだ。

読者をこれほど感動させてくれる作品は、めったにない。読者の心を揺り動かす感動の大きさこそ、源氏物語が世界に誇る真のすばらしさである。

いつの時代にも読み継がれてきた奇跡の書

「古典とは誰も読まない本のことである」というジョークがある。だが、この言い方は、源氏物語に関してはまったく当てはまらない。それが、源氏物語の偉大さを証明している。この物語には、いつの時代にも読者を引きつける魅力があったのだ。

そうは言っても、日本語の変貌は速い。現代でも、新語が通用する寿命は短くなる一方であるし、何よりも文法体系や動詞の活用が激変し続けている。

だから、読者にとってよほど魅力的な作品でなければ、「古典とは誰も読まない本のことである」というジョークの通りになってしまう。読者を獲得できなかった作品は、図書館や倉庫の中で埃《ほこり》をかぶり、生命力を枯渇させてゆく。

しかも、作品の書かれた時代から遠ざかるほど、言葉の意味だけでなく、政治体制も経済システムもライフスタイルも道徳観も美意識も、一変してしまう。だから、古い時代の作品のメッセージが何であるかを理解するのは、至難のわざである。

普通なら、ここで皆は諦めてしまうが、源氏物語の場合はそうではなかった。

何とかして、言葉の意味を理解しよう。難解な文脈を読みほぐそう。思想や美意識を、登場人物と共有しよう。作者が訴えている主題に迫ろう。そして、この物語から得た感動を社会に活用しよう。そういう熱き思いを燃やす読者たちが、続々と現れた。

彼らのことを、「古典学者」「注釈者」「批評家」「芸術家」などというが、私は「源氏物語を愛した人たち」と呼びたい。彼らは、「源氏物語の命」をつないだ人々である。彼らの「源氏物語への愛（源氏愛）」が、その時代の芸術活動を活性化させた。

源氏物語を愛する研究者と、源氏物語を愛する芸術家は、連携し、手を結んでいた。ある場合には、研究者と芸術家は同一人物だった。そして彼らは、一般読書人たちへの啓蒙活動を行った。

源氏物語の恩人たち

源氏物語を愛する人は、自分で直接に原文に立ち向かえばよい。そう思っている人も、多いだろう。だが、既に述べたように、千年の時間の壁がある。正宗白鳥《まさむねはくちょう》（一八七九〜一九六二）は、源氏物語が「悪文」で書かれていると主張している。現代の知識人にすら、簡単には理解できない原文が、アイガー北壁のようにそそり立っている。それが、源氏物語を原文で味読することのむずかしさだ。

本書の「はじめに」で、源氏物語を山登りにたとえたので、ここでは趣を変えて、音楽にたとえて説明することにしよう。楽譜を見ただけで頭の中に音楽が湧いてくる人は、直接に自分と作曲家との対話を楽しめばよいだろう。だが多くの音楽愛好家は、指揮者や演奏家を媒介にして、作曲家と向かい合う。

注釈者は指揮者であり、注釈書は演奏である。むろん原文が、楽譜に当たる。フルトヴェングラーやカラヤンなどの歴史に残る名指揮者たちのおかげで、ベートーベンやモーツァルトの音楽の命が現代人に手渡された。それが、注釈者たちの役割だった。

どういう人たちが、源氏物語の名注釈者なのだろうか。有名な文化人もいるし、現代人にはなじみが薄くなった人もいる。時代も身分（職業）も、さまざまである。だが彼らこそ、日本の誇る最高の文化人なのだ。

①藤原定家《ふじわらのていか》。注釈の基礎となる信頼すべき本文を確定した。なおかつ、紫式部が源氏物語の執筆に際して「引用」した和歌や漢詩の出典を明らかにした。

②四辻善成《よつつじよしなり》。理解しづらくなった古語の意味を、解明した。また、フィクションだと思われていた源氏物語に、実在の人名や地名がモデルとして使われていることを解明した。

③一条兼良《いちじょうかねよし》。一つ一つの語句ではなく、文脈全体を明快に解きほぐそうとした。分類能力と整理能力に優れ、巻の名前の付け方などをグループ分けした。

④宗祇《そうぎ》。古典である源氏物語を読むのは、その成果を現代政治に活用し、平和な時代を作るためだ、と祈りにも似た気持ちを大切にした。
⑤三条西実隆《さんじょうにしさねたか》。味わい深い文章や、複雑なニュアンスの和歌を、芸術的に深く鑑賞した。
⑥細川幽斎《ほそかわゆうさい》。宗祇の「源氏物語は平和を実現するための政道書である」とする見解を、現実の政治で実践した。その一方で、ユーモラスな俳諧（＝誹諧）精神に基づく鑑賞を行った。
⑦北村季吟《きたむらきぎん》。徳川綱吉の寵臣・柳沢吉保《やなぎさわよしやす》のブレーンとなり、源氏物語の理念を最高権力者に進講した。一般読書人に向けても、『湖月抄』という画期的な注釈書を書き上げ、誰もが源氏物語を原文で理解できるように工夫した。
⑧本居宣長《もとおりのりなが》。①～⑦までの名注釈者たちの業績を深く理解したうえで、大きく乗り越えた。独創的な文章解釈に基いて、「もののあはれ」という主題を発見した。

藤原定家は、平安末期から鎌倉時代初期。四辻善成は、鎌倉時代末期から室町時代初期（南北朝期）。一条兼良・宗祇・三条西実隆は、室町時代の応仁の乱によって、天下が混乱し、戦国乱世に陥った時代。細川幽斎は、室町時代の後期から安土桃山時代を経て、江戸時代初期の激動期。この後で、やっと平和が訪れた。北村季吟と本居宣長は、江戸時代の中期。ここから、「近代日本」の胎動が始まった。

そして二十世紀のイギリスでは、アーサー・ウェイリーの奇跡的に美しい英語訳が出現し、源氏物語は世界文学の仲間入りを果たした。このウェイリーを、源氏物語を愛した九人目の巨人に数えたい。

今回リストアップした九人には、残念ながら女性が入っていない。「注釈者」の側面に力点を置いたからである。いずれは、「源氏物語を愛した女性たち」の列伝も書いてみたい。たとえば、平安時代の菅原孝標女《すがわらのたかすえのむすめ》。鎌倉時代の阿仏尼《あぶつに》。江戸時代の正親町町子《おおぎまちまちこ》（柳沢吉保の側室で、源氏物語の文体を再現した『松陰日記《まつかげにっき》』を著した）。近代の与謝野晶子。現代の円地文子《えんちふみこ》・瀬戸内寂聴など。

さらに言えば、先ほどの（ウェイリーを含む）九人のラインナップには、近代以後の日本人が欠けている。ウェイリーで止めたのは、それ以後に偉大な人物が誰もいないからではない。彼ら「九賢人」の恩恵を理解することが、現代まで続く源氏文化の成り立ちを考えるのに欠かせないからである。

解説が先か、本文が先か

本書では、源氏物語を愛した人たちが、どのような情熱に駆られて源氏物語の謎解きに取り組んだかを、お話ししたい。これは決して、無味乾燥な「解説」ではない。彼らが渾身で奏でた「源氏愛」という演奏を、できる限り正確に再現したつもりだ。

藤原定家は、作曲家である紫式部の自筆楽譜が失われていたので、信頼すべき楽譜を校訂した音楽学者にして、それを世界初演した名指揮者である。四辻善成から後は、それぞれの激動の時代の中で、自分の源氏像を求め、余人とは違う独創的な解釈を打ち立て、それを基に画期的な演奏をした名指揮者たちである。そして、初めて出現した外国人指揮者が、九人目のウェイリーである。

皆さんには、これから九通りの「源氏物語の主題による変奏曲」を聞いていただく。自分は誰それの演奏に最も共鳴するなあとか、誰それのこの箇所の解釈には疑問を感じるなあとか、考えながら聞いてもらいたい。

そして、この本を読み上げたら、自分なりの解釈を打ち出す指揮者の立場で、源氏物語に挑んでいただきたい。そのためのヒントは、すべて書いたつもりだ。

ほんの少しだけ、紫式部について

演奏会用のパンフレットには、指揮者と演奏者を紹介する前に、作曲者と楽曲についての簡潔な解説文が載っている。そこで、本書もかいつまんで、紫式部という女性について語っておきたい。

文学の世界では、作者と作品とは、切っても切り離せない。だから、作者の写真は、彼らの人間性だけではなく、作品の真実をも浮かび上がらせる。気むずかしそうな夏目漱石、銀座のバーで足を組んで飲んでいる太宰治、眼光鋭く読者を見据える三島由紀夫、酒の注がれたグラスを持ってにっこり笑っている吉田健一……。

写真のなかった時代には、肖像画が描かれた。その多くは、後世に描かれた想像図であるが、文学者がどういう人物だとイメージされていたかが、はっきりとわかる。紫式部は、机を前にして座り、筆を走らせる姿で描かれることが多い。つまり、「源氏物語の作者」であることを、絵で訴えているのだ。その容貌は、婉麗である。

ちなみに、本書の各章の扉には、各人の肖像画を掲げている。教科書で見慣れた正装のものではなく、くつろいだ姿のものを選んだ。その方が人柄が端的にわかるからだ。

肖像画以外では、数々の伝説がある。芸術家伝説も、文字で描かれた肖像画の一種である。紫式部のイメージは、「才色兼備」の一言に尽きる。十七世紀の『本朝美人鑑《ほんちょうびじんかがみ》』は、三十六人の美女を紹介している。紫式部は、容顔《ようがん》うるわしいだけでなく、漢詩文にも通じ、和歌にも秀でていた、とされる。

『小式部《こしきぶ》』という室町物語（御伽草子《おとぎぞうし》）は、さらに詳しい。大意で示しておこう。

一条天皇の中宮・藤原彰子に仕える女房に、紫式部という女性がいた。その姿はただならず美しく、青柳《あおやぎ》の糸がそよそよと春風に靡くような風情《ふぜい》であった。翡翠《ひすい》色の髪は、蟬の羽が透き通ったかのようにつやつやとしており、長く乱れかかる髪の間から、ほのかに見える彼女の顔は、まるで薄雲《うすぐも》を通して名月を見るかのように輝かしかった。

唇は、芙蓉（＝蓮の花）のように赤く、胸は玉を延《の》べたように白い。花園の梅や桜が、夕映《ゆうば》えの中で開き始めたかのような姿である。

すばらしいのは、外見だけではない。心ばえが幽玄であること、限りもない。琴・琵琶の音楽にも優れている。和歌の道に関しては、衣通姫《そとおりひめ》・小野小町など、すぐれた女性歌人の跡を継ぐほどの名人だった。

芸術だけでなく、仏道にも精通していて、法華経を常に唱えていた。

まるで、非の打ち所のない最高の美女である。だが、このように極度に美化された紫式部像を読むと、何かそぐわない気がする。人生に何の悩みもない人は、苦悩と絶望に打ちひしがれる人間を描いた物語の作者にはふさわしくない。

それでも、源氏物語の読者たちは、さまざまに作者のイメージを想像して止まなかった。なぜなのだろう。

生身の紫式部は、どこにいる

伝説という名の紫式部の肖像には、誇張やデフォルメがある。それらを、紫式部の真実だと見なしてよいのだろうか。

私は、源氏物語を読んでいて、ある時気づいた。この物語の作者は、自分の本心や真実を徹底的に隠蔽しようとする傾向があるのだ。ライバルの清少納言が書いた『枕草子』は、そうではない。清少納言は、素直に、というか露骨に、自分の素顔をさらけ出している。だから、読者は清少納言の性格が、すぐに理解できる。

源氏物語は、そうではない。どこにも、紫式部は登場しない。驚くべきことには、紫式部が残した日記である『紫式部日記』を読んでも、彼女の性格がはっきりとつかめないし、若い頃から作っていた和歌を集めた『紫式部集』を読んでも、彼女の人生の歩みが今一つ具体的には見えてこない。作者はまるで、隠れんぼうを楽しんでいるかのようだ。だから、読者が作者の肖像画を求めて伝説を作ってしまうのだ。

紫式部は、自分の肖像だけでなく、人生の記録を残すことを嫌った。だから、生まれた年も、亡くなった年も、本名もわからない。でも読者は、作者の肖像を必要とする。そこで、数々の紫式部伝説が誕生することになった。

さまざまな伝説があるのは、そもそもの作者の心が多面的だったからだろう。ある読者は末摘花《すえつむはな》という昔気質《むかしかたぎ》の女性を紫式部の分身だと思うだろうし、ある読者は明石《あかし》の君の忍耐強い心が紫式部に最も近いと推測したりするだろう。

ところで、そういう伝説とは別の「紫式部の肖像」を浮かび上がらせたいと願い続けた人々がいた。源氏物語を愛した文化人たちである。つまり、この物語の命をつないだ巨匠たちだった。彼らは、源氏物語という作品それ自体を、深く読み込んだ。

この作品の中には、作者・紫式部の人生のすべてが流れ込み、溶け込んでいる。そこで、彼らはこう考えた。源氏物語から出発すれば、「伝説」ではない「真実の紫式部の肖像」に到達できるのではないか、と。

源氏物語が書かれてから千年もの間、一流の文化人たちがこの長大な物語に挑み、一枚ずつ神秘のベールをはぎ取り、作品と作者の真実に迫ろうと努力してきた。彼らは、紫式部の生身の心を知りたいと願い、彼女の素顔を見たと確信した人々である。

この家族にして、紫式部あり

「父の娘」という言葉がある。たとえば森茉莉《もりまり》の小説には、彼女が「パッパ」と呼んで敬愛した父・森鷗外の影響が濃い。紫式部もまた、藤原為時《ためとき》(生没年未詳)という「父の娘」だった。為時は一流の漢詩人だった。知識人は、いつの時代にも中流階級である。権力とは無縁で、国司になって地方巡りをしながら一生を終わった。

だが、女性である紫式部が「光源氏」という男性を通して、人間の世界を描きたいと願った根底には、敬愛する父への思い入れがあったことだろう。

紫式部には、早世した姉のほかに、惟規《のぶのり》(?〜一〇一一)という兄弟がいた。

平安時代は、兄弟姉妹の年齢が大変にわかりにくい。源氏物語でいえば、光源氏の正妻だった「葵《あおい》の上《うえ》」の兄弟に、「頭中将《とうのちゅうじょう》」がいた。読者は、「頭中将が兄で、葵の上が妹」と思いがちであるが、その証拠はどこにもない。もしかしたら、「葵の上が姉で、頭中将が弟」かもしれないのだ。

かつては惟規を紫式部の兄とする説が有力だったので、「兄が漢文の勉強ができないのに対して、妹が賢いので、父親は紫式部が男だったらどんなに出世できるかと嘆いた」というエピソードが、広く信じられていた。現在では、「惟規は弟」説が有力なので、幼い惟規が姉より漢文が読めなくてもそれほど不自然ではない。

この惟規という男、さすがに紫式部の弟だけあって、ただ者ではない。父と一緒に越後の国に下っている時に、重態になった。これまでと覚悟した父親は、僧侶を呼んで、惟規にあの世へ旅立つための心構えをさせようとした。

僧はおごそかな口ぶりで、「死んだ人は『中有《ちゅうう》』といって、夕暮れのように暗い空の下の広大で寂しい野原を歩いて、あの世へと向かうのです」と告げた。すると惟規は、「その野原には、嵐が吹いたら絢爛と散りまがう紅葉《もみじ》があるでしょうか。野原というからには、風に靡く薄《すすき》が生えているでしょうか。その下では、松虫や鈴虫が心にしみる声で鳴いているでしょうか。もしもそういう野原を歩いてゆくのだったら、私はひとりぼっちでも不安には感じません」と言ってのけた。

命の尽きる深刻な場面で、なおかつ風流に徹した惟規を、『十訓抄《じっきんしょう》』の著者は、「世の数奇者《すきもの》（一世の風流人）」だったと感嘆している。何とふてぶてしく、何と精悍な好漢であることか。その姉が、紫式部だ。

紫式部は、藤原宣孝《のぶたか》というかなり年上の男と結婚し、一人娘をもうけたが、夫は男盛りで突然死した。宣孝にとって紫式部は再婚相手だったが、紫式部が初婚だったかどうかは、わからない。また、宣孝との結婚生活が幸福なものだったかも、わからない。確かなのは、「紫式部は夫の没後に源氏物語を書いた」という事実だけである。

とは言いながら、紫式部の和歌を集めた『紫式部集』を読むと、宣孝とは「釣り合わない夫婦」だったことが、何となく見えてくる。年齢的には、夫が歳を取りすぎている。教養的には、妻の頭が良すぎる。

ただし、紫式部の実人生の詮索は、これくらいで切り上げよう。紫式部は、自分の実人生を他人にさらけ出すのを好まなかった。「私の顔のことや、親兄弟や、夫や娘のことよりも、源氏物語だけを集中して読んでほしい」と、読者に懇願しているようだ。

源氏物語を読んでいると、この物語を書いた紫式部という人物の「心」が少しずつ見えてくる。それこそが、紫式部が読者に見せても構わないと思っていた唯一の「顔」なのだろう。その素顔を見たのが、次章から登場する藤原定家たちだったというわけだ。

源氏物語五十四帖

世界文学の奇跡である源氏物語とは、どういう作品なのか。これもごく簡潔に、説明しておこう。

「桐壺《きりつぼ》」から「夢浮橋《ゆめのうきはし》」までの五十四巻から成る長編である。「五十四帖《じょう》」と言うこともある。もともと、「巻」は巻物を数える単位であり、「帖」は綴じてある折本《おりほん》を数える単位である。現在まで伝わる源氏物語の写本のほとんどは巻物ではなく折本だから、「五十四帖」が実情に近い。ただし巻物でなくても、「第一巻」とか「上巻」とか言うので、「五十四巻」という言い方も根強い。

ちなみに、「五十四」の部分は、「ゴジュウヨン」でも間違いではないだろうが、私は「ゴジュウシ」と発音することにしている。それから、「ゴジュウヨジョウ」と発音すると、「五十余帖（五十帖余り）」という意味になる。

古くは、概数（切り上げ）で「源氏六十巻」あるいは「源氏六十帖」とか言われることもあったが、正しくは五十四である。このことは、江戸の川柳作家の恰好の題材となっている。

一割は雲に隠れし物語

「六十帖」の一割引は「五十四」。では、引いた一割の六帖は、どこへ行ったのか。「雲に隠れし」とあるのに、注目しよう。五十四帖のほかに「雲隠六帖《くもがくれろくじょう》」という、光源氏が出家したあとの物語を書いた巻があった、とする伝説があったのだ。

百八を五十四帖へ綴る紫女《しじょ》

「百八」は、人間の煩悩の数。ここでは、恋の苦悩のこと。紫式部（紫女）は、ひたすら五十四帖に恋ゆえの悩みを綴り続けた。五十四は、百八という数字のちょうど半分になっている。

五十四帖のうち、「桐壺」から「幻《まぼろし》」までは、光源氏が多くの女性と関わりながら、人の世の喜びと哀しみをかみしめる話である。光源氏本人の物語なので、本編という意味で「正篇《せいへん》（正編）」と呼ばれる。この「正篇」のうちで、光源氏の四十歳以前の「藤裏葉《ふじのうらば》」までを第一部、四十歳以後の「若菜《わかな》の上《じょう》」からを第二部と分けることがある。「幻」以後の十三帖は、光源氏の子孫である薫《かおる》と匂宮《におうみや》の物語なので、「続篇（続編）」と呼ばれる。中でも、「橋姫《はしひめ》」から「夢浮橋」までは、宇治を主な舞台とするので「宇治十帖」の名がある。「ウジジュウジョウ」と発音する。

正篇と続篇を合わせると、七十五年の歳月が流れ、四人の天皇が即位している。私が本書を執筆している二〇〇八年を基点にして、七十五年さかのぼれば、一九三三（昭和八）年。日本が国際連盟を脱退し、ドイツではヒトラーが首相に就任した年である。それから現在までの時間が、ちょうど源氏物語の時間の長さなのだ。まさに、大河文学である。

このように、天皇を中心として複雑な人間関係が繰り広げられるので、「華麗な王朝絵巻」とか「絢爛たる宮廷絵巻」などと呼ばれるわけだ。

だが、この物語の最大の特徴は、「老若《ろうにゃく》」「男女」「貴賤」「都鄙《とひ》」「美醜」のすべての人間が登場しているという幅広さにある。それによって、「男と女」だけでなく、「親子」「兄弟」「主君と従者」「友と友」「師弟」などの、ありとあらゆる人間関係を描くことができた。しかも、どの人物にも血が通っている。

源氏物語は、「人生の百科全書」でもある。誕生から死去まで、人間が経験する出来事のすべてが、ここに凝縮している。この物語に没入した読者は、人生のすべてを体験できるのだ。ありとあらゆる恋のバリエーション、男同士の友情と戦い、女同士の嫉妬と和解、遠い世界への旅立ちと帰還、そして生活を潤わせてくれる芸術の数々……。だから、源氏物語の読者は、天皇（桐壺帝）の立場でたった一人の女性（桐壺更衣《きりつぼのこうい》）との純愛を貫けない苦しさも体験できるし、筑紫の田舎者（大夫《たゆう》の監《げん》）の立場で都から下ってきた高慢な美女（玉鬘《たまかずら》）に翻弄される悔しさも味わえる。義理の息子（光源氏）と過ちを犯し罪の子を産んでしまったお后（藤壺）の良心の呵責も、父親のように慕っていた男性（光源氏）が「男」である事実を知って愕然とする美少女（紫の上）の衝撃も、わがことのように理解できる。

限りあるたった一度の人生に縛りつけられている読者でも、源氏物語の最初のページを開けば「無限の人生」への入門を許可される。読者は、何にだってなれる。何だってできる。どこへでも行ける。どんなにだって生きられる。人間に許されているすべての行為が認められ、人間が抱くすべての感情が体験できる。
何と豊饒な世界であろう。

源氏物語のビッグ・バン

源氏物語は、読み継がれることを通して、少しずつ「本質」を明らかにしていった。紫式部は、後の時代の読者を巻き込み、引きずり込んで、「源氏物語」という作品を完成させるプログラムを設定していたのだ。

この奇跡の物語がどのように理解されたかという歴史こそが、「源氏物語」とは何であったか、「紫式部」は何のためにこの物語を書いたのか、というスリリングな謎解きになっている。

繰り返すことになるが、源氏物語の影響力は、まことに大きかった。

この物語が書かれてから、日本文化はビッグ・バンを開始した。貴族の時代から武士の時代に移っても、そして民主主義の時代になってからも、源氏物語は読まれ続けた。紫式部が生きた京都だけでなく、全国の津々浦々、そして翻訳によって世界各地へと、

「源氏文化」は拡大していった。

この物語に触れると、読者の心の中で、何かが大きくはじける。これまでの自分の生き方、価値観。そういうものが、光源氏の体験した希有の人生を知ることで、変更を迫られる。これまでの自分の生き方を否定されるのではなく、光源氏と一緒に「自分」という存在の輪郭がどこまでも膨張してゆくような感じである。

男性読者でも、光源氏と関わることで苦しんだ女性たち（藤壺、六条御息所《ろくじょうのみやすどころ》、紫の上、空《うつ》蝉《せみ》たち）の心まで、手に取るように理解できる。性差を超えて、「自分」が拡大してゆくからだ。

むろん、女性読者でも、光源氏の喜びと哀しみが理解でき、鳥肌だつ体験ができる。

こういうビッグ・バン体験をした読者たちは、源氏物語の本質が何であったのか、自分なりの解釈を明瞭に打ち出さずにはいられなくなる。それだけでなく、源氏物語にヒントを得た芸術の創作者へと成長してゆく。それが、彼らなりの源氏物語への恩返しになっている。

それでは、九人の巨人たちの歩みをたどることにしよう。

第二章　藤原定家――やまと言葉の美しい本文を確定

栗原信充「肖像集」より
（国立国会図書館蔵）

一一六二〜一二四一。歌人・古典学者。「御子左家《みこひだりけ》」と称される和歌の名門の家柄に生まれる。父は、大歌人・藤原俊成《しゅんぜい》。定家の孫の世代では、「二条・京極・冷泉《れいぜい》」の三家に分裂した。このうち、中世に最も権威が高く歌壇の主流となったのは、嫡流の二条家だったが、南北朝期に断絶した。京極家は、それ以前に断絶。冷泉家は現在まで続き、「時雨《しぐれ》亭文庫《ていぶんこ》」を管理している。

定家は後鳥羽院に命じられ、『新古今和歌集』の撰者の一人となったが、後鳥羽院と折り合いが悪く、次第に鎌倉幕府寄りの政治姿勢を取るようになる。三代将軍・源実朝《さねとも》に和歌を指導したのも、その一環。

家集『拾遺愚草《しゅういぐそう》』などに、膨大な和歌を残した。初期の華麗な象徴美学から、晩年は平明な歌風に転じた。和歌の評論書に、『近代秀歌』『毎月抄《まいげつしょう》』などがある。克明な漢文日記『明月記』は、国宝に指定されている。

源氏物語を始め、『古今和歌集』『伊勢物語』『更級日記』などの古典文学の本文校訂を行い、『奥入《おくいり》』などの注釈を残し、王朝文化を末永く継承する基礎を築いた。

源氏を「古典」にした男

紫式部が源氏物語を書いてから、あっという間に二百年が経過した。仮に一世代を三十年とすれば、およそ七世代ということになる。最初の四〜五世代の読者たちは、自分たちの同時代文学として、ひたすらこの物語を耽読できた。ところが、六世代目くらいから大きな社会変動が起き、源氏物語を理解するための社会基盤が失われていった。

武士の台頭が、天皇と貴族が権力を独占していた社会構造を一変させたのである。平清盛が積極的に行った日宋貿易は、大量の銅銭の輸入により、経済構造を激変させた。そもそも、源氏物語の書かれた時代には、貨幣経済すらなかったのである。

保元の乱、平治の乱、壇ノ浦の合戦、鎌倉幕府樹立、承久の変。

一一五六年から一二二一年までの約七十年の間に、大きな事件が相次いだ。社会の混乱は、人々の生き甲斐や価値観を動揺させた。そして、優雅なる王朝文明は、まさに滅亡の瀬戸際に立たされた。

この時、失われゆく王朝文明の保存に立ち上がったのが、藤原定家《ふじわらのていか》である。彼の最大の功績は、源氏物語に「古典」の地位を与えたことである。

なぜ、この男に、そのような力があったのだろう。定家は、何を求めて文学者となり、どういう情熱を源氏物語にぶつけたのだろうか。

古典への道は、本文の整備から

源氏物語は、美しい「やまと言葉」で書かれている。外来語である音読みの漢字熟語は、ほとんどない。古い写本を見ても、ほとんどの文字が、「平仮名」である。だから、見た目がとても美しい。それだけでなく、音読にも適している。「いづれの御時《おほんとき》にか…」とゆっくり声に出して読むと、日本語の響きの美しさにうっとりする。

ところで、視覚を愛して黙読するにせよ、聴覚を愛して音読するにせよ、テキストとなるのは「文章＝本文」である。現代人が当然のように読み上げている源氏物語の本文は、どうやって確定したのだろうか。

定家の父・藤原俊成《しゅんぜい》（一一一四～一二〇四）は、名言を残している。

源氏見ざる歌詠《うたよ》みは、遺恨《【良くない】》のことなり。

この俊成を師として、源氏物語を学んだ弟子が二人いた。一人は、息子の定家。もう一人は、源光行《みつゆき》。源光行は、倒幕を悲願とする後鳥羽院と、鎌倉幕府の間で「鵺《ぬえ》」のように立ち回り、二重スパイを疑われ、処刑寸前までいった奇怪な人物である。

この源光行が、息子の源親行《ちかゆき》と共に本文校訂した源氏物語を、「河内本《かわちぼん》」という。光行の官職が「河内守《かわちのかみ》」だったことによる。その最良の写本は、尾張徳川家に伝わった。

それに対して、定家が本文校訂した源氏物語を、「青表紙本《あおびょうしぼん》」という。定家が所持していた写本に、鎌倉時代の終わり頃から青い表紙が付けられたことによる。

定家筆と伝えられる写本で現存するのは、「花散里《はなちるさと》」「行幸《みゆき》」「柏木《かしわぎ》」「早蕨《さわらび》」の四帖である。また、明融《めいゆう》という人物が十六世紀に、定家筆の青表紙原本を忠実に写した「明融本」が、九帖ある（「花散里」と「柏木」は定家筆本と重複）。それ以外の巻は、青表紙本系統の善本で、通称「大島本《おおしまぼん》」と呼ばれる写本を用いている。

さて、話を定家たちの努力にもどそう。紫式部が源氏物語を書いてから、早くも二百年が過ぎ去っていた。人々が争って筆写しているうちに、本文の混乱は極限にまで達していた。A家に所蔵されている源氏物語と、B家に所蔵されている源氏物語とでは、ストーリーにはほとんど違いはないけれども、細かな表現には無数の違いがあった。

むろん、たび重なる戦火で、紫式部の自筆原本は消滅（おそらく焼亡）していた。今後も、紫式部自筆の源氏物語は出現しないだろう。青表紙本と河内本は、多くの写本を参考にしながら、失われた紫式部自筆本の復元を目ざした「二大報告書」である。

二十一世紀の今日、市販されている源氏物語のテキストは、すべて定家の青表紙本である。それでは、二つの系統は、どれくらい違っているのだろうか。

桐壺更衣の美しさは、物に喩えられない

具体例で説明しよう。「桐壺」巻に、今は亡き更衣が中国の伝説的美女である楊貴妃《ようきひ》よりも美しかったことを、桐壺帝が涙ながらに思い出す場面がある。「青表紙本」では、こうだ。

原文は平仮名ばかりだが、読みやすさを考慮して漢字を多く当てた。

> 絵に描《か》ける楊貴妃の容貌《かたち》は、いみじき【腕の良い】絵師と雖《いへど》も、筆限りありければ、いと匂ひ少なし。太液《たいえき》の芙蓉、未央《びあう》の柳も、げに通《かよ》ひたりし【楊貴妃の】容貌を、唐《から》めいたる装《よそ》ひは麗《うる》はしうこそありけめ、【更衣が】懐かしう﨟《らう》たげなりしを【帝が】思《おぼ》し出《い》づるに、【更衣は】花鳥《はなとり》の色にも音《ね》にも比《よそ》ふべき方《かた》ぞなき。

芙蓉（＝蓮の花）や柳に喩えることのできる楊貴妃の美貌は、二流である。それに対して、美しい花の色にも喩えられない美貌と、美しい鳥の声にも喩えられない美声を持っていた桐壺更衣の美しさは一流である、という文脈である。

同じ箇所が、河内本ではこうなる。傍線を引いた箇所に、注意していただきたい。

絵に描《か》ける楊貴妃の容貌《かたち》は、いみじき絵師と雖《いへど》も、筆限りありければ、いと匂ひ少なし。太液《たいえき》の芙蓉も、げに通《かよ》ひたりし容貌《かたち》、色合《いろあひ》、唐《から》めいたりけん装《よそ》ひは麗《うる》はしう、清《けう》らにこそはありけめ、【更衣の】懐かしう臈《らう》たげなりし有様《ありさま》は、女郎花《をみなへし》の風に靡きたるよりもなよび、撫子《なでしこ》の露に濡れたるよりも臈《らう》たく、懐《なつ》かしかりし容貌《かたち》、気配《けはひ》を思《おぼ》し出《い》づるに、花鳥《はなとり》の色にも音《ね》にも比《よそ》ふべき方《かた》ぞなき。

今は亡き更衣は、女郎花よりもなよなよしていて、撫子よりもいじらしかった。河内本の叙述は、まことに詳しい。それゆえ、わかりやすい。しかし、くどい。はっきりいえば、蛇足である。松尾芭蕉の名言を借りれば、河内本に対して、「言い仰《おお》せて何かある」と批判したくもなる。

花に喩えられないからこそ、更衣の美しさは楊貴妃よりも素晴らしいのではなかったか。それが、紫式部の表現意図だったはずだ。河内本もよく読めば、更衣の美貌を女郎花や撫子に喩えているのではなく、それを超えたと言っている。だが、女郎花や撫子に寄りかかっている表現だ。身も蓋《ふた》もない。自己矛盾である。

この箇所の違いは、河内本よりも青表紙本を良しとしたい。

中世においては、当初は河内本が優勢であるくらいに、青表紙本と河内本は並び立った。だが、時代の流れがおのずと淘汰《とうた》して、江戸時代からは青表紙本一辺倒となった。

定家は単なる「古典学者」ではなく、「歌聖」と呼ばれる大歌人であり、一時代を築いた大文化人だった。簡単にいえば、定家の見識と鑑識眼が勝利したのだ。

もっとも、紫式部自筆の原本が出現したら、定家の校訂した青表紙本とはかなり違っていることだろう。二百年の空白は、そう簡単に埋められるものではないからだ。今日でも、幻の原本にたどりつこうとして、研究者は本文研究を続けている。

だが定家の時代に、源氏物語の「本文」が確定したことの意義は大きい。

この時、源氏物語は末永く読み継がれ、言葉と文章の意味、さらには主題を解明すべき「古典」となったのである。

引用されている和歌の指摘

紫式部は、幅広い教養を持っていた。『史記』などの中国の歴史書、『長恨歌』『白氏《はくし》文集《もんじゅう》』などの漢詩文、『日本書紀』などの日本の歴史書、『古今和歌集』などの和歌、さらには『法華経』などの経典が、彼女の頭脳の中にはぎっしりと詰まっていた。

それらが自由自在に取り出され、源氏物語の文章の中に織り込まれていった。だから、源氏物語を味読するには、引用されている和歌や漢詩を読者が知っている必要がある。

紫式部が生きていた時代には、この物語の読者も作者とほぼ等しい教養を持っていたので、ごく自然に読めた。だが二百年も経《た》つと、わからなくなってしまう。

最近の例で、わすりやすく説明しよう。こんな短歌がある。

中国で中国美人を見かけたり絶海中津で愛を叫べり　　三宅勇介『える』

「絶海中津」は、「ぜっかいちゅうしん」と読む室町時代の禅僧（一三三六〜一四〇五）である。日本史の教科書には「五山文学」の代表者として名前が出ているから、御存じの方も多かろう。三宅の歌ではなぜ、絶海中津が出てくるのか。むろん、ベストセラー小説『世界の中心で、愛をさけぶ』のタイトルのパロディだからである。「せかいのちゅうしん」と「ぜっかいちゅうしん」の駄洒落《だじゃれ》である。

この引用は、大学入試のために日本史を勉強した人には理解できる。注釈は、要《い》らない。でも、あと三十年経ったらどうだろう。三宅の短歌は、当時よく知られていた小説のタイトルの引用だったのです、と誰かが懇切に解説してあげねばならない時代がやってくる。

源氏物語は、藤原定家の時代に、そういう変革期に差しかかっていたのである。だから、光源氏の母親である桐壺更衣が亡くなった後になって、それまで彼女を苛《いじ》めていた人も「惜しい人だったわね」と言う場面が、読み解けない。

「なくてぞ」とは、かかる折《をり》にや、と見えたり。

「なくてぞ」という和歌は、こういう時に作られたのだろう（こういう時に思い出して口ずさむのがふさわしい）と思われた、という意味である。ここまでは、わかる。でも、「なくてぞ」とは、どういう和歌の一部なのだろう。

こういう時に、引用研究が必要とされる。それが、注釈の第一歩である。

ある時はありのすさびに憎かりきなくてぞ人は恋しかりかる

「ある」は生きている、「なし」は死んでいるという意味。「ありのすさび」は生きているのに慣れて、惰性で大切にせず、ないがしろにすること。「あの人が生きている時には、私の方であの人を大切にしようと思う気持ちもなく、冷たく接してしまった。あの人が亡くなった今となってみると、ああすればよかった、こうすればよかったと残念に思われてならない」という意味になる。

「なくてぞ」というたった四文字には、これだけ深い含蓄が込められていた。このような和歌の引用研究は、藤原定家の少し前の人である藤原伊行《これゆき》（?～一一七五）の『源氏《げんじ》釈《しゃく》』によって開始された。伊行は定家が数えの十四歳の時に亡くなった人物で、平家の貴公子との悲恋を伝える『建礼門院右京大夫集《けんれいもんいんうきょうのだいぶしゅう》』の作者（建礼門院右京大夫）の父親で、名筆家として知られた人物である。

定家の『奥入《おくいり》』は、伊行の『源氏釈』と並ぶ引用研究の嚆矢《こうし》である。注釈の基礎となる本文が定まり、注釈の第一歩として引用の指摘も始まった。これが、藤原定家の時代だった。

筋金入りのロマン主義者

定家は、二百年前の本文の復元という、不可能に挑む情熱を持っていた。その熱意は、どこかしら源氏物語の主人公・光源氏の色好みとも似ている。光源氏は、逢瀬《おうせ》が不可能に近ければ近いほど、恋心を燃え上がらせた。父である桐壺帝のお后である藤壺との愛は、まさにタブーである。普通の男ならば、最初から諦める。でも光源氏は逆に、いっそう強く結ばれたいと願った。

定家は、そういう光源氏の心が手に取るように理解できた。その定家にも、後白河院の皇女・式子《しきし》内親王《ないしんのう》へのタブーに満ちた愛の伝説が伝えられている。

けれども、それは伝説。定家にとって、「永遠の恋人」は生身の女性ではなく、王朝文化という滅び去りつつある美だった。しかも、その本質にたどり着くのは困難なほどに、社会基盤と言語が隔絶していた。この距離感が、かえって定家のロマンティシズムを燃え上がらせた。

光源氏も、定家も、筋金入りのロマン主義者だったのである。彼らは、「今、ここ」という自分の居場所を脱け出し、遠くにある「心のふるさと」へ回帰したい、と全身で身もだえする。それが、彼らの「癖＝心の傾き」なのだ。

ところが日本ではなぜか、「ロマンティシズム」を低く見る傾向がある。たとえば、高校の文学史では、どのように教わるか。

・奈良時代の『万葉集』は、「ますらおぶり」で、男性的で力強い。現実生活を率直に歌う。
・平安時代の『古今和歌集』は、「たおやめぶり」で、女性的で優美である。機知的で、言語遊戯の作風である。
・鎌倉時代の『新古今和歌集』は、象徴的ではあるが技巧に走り、現実から遊離している。

区別するには便利だが、いささか安直なレッテルではなかろうか。『万葉集』にも、大伴家持《おおとものやかもち》のように女性的でナイーヴな歌人がいるし、『新古今和歌集』にも、西行のように自分の現実をありのままに歌う率直な歌人がいる。

レッテルは目印の役目を果たすけれども、何枚もあったら混乱するし、実情と違ってしまう。「現実逃避」とか「現実遊離」というレッテルの、何と当てつけがましいことか。その結果、世間では誤った定家像が行きわたってしまう。立ち向かうべき現実に背を向け、ひたすら過去の思い出にしがみつこうとする後ろ向きの精神。それが、『新古今和歌集』であり、その親玉が藤原定家である……。

そんなことはない。定家はロマン主義者だったと、なぜ思えないのだろう。彼の目には、争乱に明け暮れる「今」という時間、「ここ」という自分の居場所が、まことに汚く見えた。理想の時代、理想の文明は、「今、ここに」などはない。

世上乱逆追討《せじやうらんげきついたう》、耳に満つと雖《いへど》も、これを注せず。紅旗《こうき》征戎《せいじゆう》、吾《わ》が事《こと》に非《あら》ず。

数えの十九歳の日記『明月記』に書かれた名言である。時に、一一八〇年九月。富士川の合戦の直前である。源平の争乱は、頂点に達しようとしていた。源氏の白旗と平家の赤旗の戦う血なまぐさい現実ではなく、美しい芸術の世界に自分は生きたいという、芸術至上主義宣言である。

芥川龍之介（一八九二〜一九二七）は、「人生は一行のボオドレエルにも若《し》かない」（現実はボードレールの一行の詩にも及ばない）とつぶやいた（『或阿呆《あるあほう》の一生』）。定家もまた、「人生は一行の源氏物語にも若《し》かない」という思いだったろう。

現実よりも大切な芸術があったのは、二百年以上も昔の王朝時代。今は、とっくに消え去った。だが注意深く観察すれば、文字で記された『古今和歌集』・『伊勢物語』・源氏物語などの文章の中にだけは、今でも秘かに息づいている。しかし、そこに到達する道筋は、伸び放題の草に覆《おお》われ、崖くずれで崩落し、消滅している。

だから定家は、「本文校訂」と「引用の指摘」によって源氏物語という日本文化の最高峰への登攀ルートを開拓し、山頂への道を整備しようとしたのだ。

古典を活かす文化創造

藤原定家の「源氏愛」は、決して後ろ向きの現実逃避ではなかった。彼は、中世の芸術家としても卓越していた。

定家は、二百年前の源氏物語からインスピレーションを得て、新しい時代の和歌を生み出した。模倣でも、コピーでもない。源氏物語の世界が、「新生」したのだ。

『新古今和歌集』に、定家の絶唱がある。

春の夜の夢の浮橋《うきはし》とだえして峰に別るる横雲の空

夜明けである。峰から雲が離れてゆく。「峰」が男で、「雲」が前夜に男のもとを訪れて契った女神のイメージだろうか。白みゆく朝の光の中、次第に遠ざかる女神を見送る男の心を去来するのは、昨夜の「夢」のような濃密な逢瀬の記憶か。それとも、次にいつ逢えるのかわからぬ絶望感か。

この和歌の生命は、「夢の浮橋」という言葉である。それは、源氏物語の最終帖の名前である。何と余韻に富み、嫋々《じょうじょう》とした言葉であることか。この美しい日本語は源氏物語で印象的に使われて以来、夢のようにはかない愛や人生のシンボルとなった。

定家は、この「夢の浮橋」という言葉を、物語の言葉（＝散文）から詩歌の言葉（＝韻文）へと移し替えた。「春の夜の夢の浮橋」。「春の夜の夢」と「夢の浮橋」が、詩歌ならではの懸詞《かけことば》のレトリックで一つに溶け合い、美の結晶体となった。

「夢の浮橋」という言葉をめぐる「新生」の試みには、その後も一流の文学者たちが熱中した。昭和の文豪・谷崎潤一郎に、『夢の浮橋』という小説がある。倉橋由美子にも、まったく同じタイトルの『夢の浮橋』という小説がある。彼らは、定家が韻文に組み換えた「夢の浮橋」を、もう一度、散文の言葉として結晶し直したのだ。

源氏物語の最初の大恩人

藤原定家は、二〇〇八年で「千年紀」を迎えた源氏物語にとって、最初の大恩人である。しっかりした本文を定めて、「古典」としての地位を与えた。この物語が「日本文学の至宝」という玉座に昇ったのは、定家の功績が大きい。

しかも、定家は源氏物語を「文学の玉座」に祭り上げて飾り物にするのではなく、この「芸術の女神」から永遠に汲めども尽きぬ「創作のインスピレーション」を引き出した。そのお手本を、後世の文学者たちの前で身をもって示してくれた。

精緻な研究と、大胆な創作。二つ揃って初めて、本物の芸術が誕生する。それを、

「源氏文化」と呼ぼう。藤原定家は、「源氏文化」の概念を創設し、最初に種を蒔《ま》き、樹木を育て、そこから最初の果実を収穫した天才芸術家だった。

たとえ政治・経済・法制度が一変し、一夫多妻の結婚形態が消滅したとしても、永遠に変わらないものがある。いや、それぞれの時代の人々の心に合わせて変わり続けることで、不死の生命を獲得して生き続けたものがある。それが、日本人にとっての源氏物語だった。

第三章

四辻善成――古語の意味を解明し、モデルを特定

「神霊矢口渡　三枚続」
（早稲田大学演劇博物館蔵）

一三二六～一四〇二。歌人・古典学者。室町時代初期（南北朝期）に、源氏研究を推進した。祖父の善統《よしむね》は、和歌に秀でていた順徳天皇の皇子（親王）で、四辻宮《よつじのみや》と称された。父は、尊雅王《たかまさ》。善成《よしなり》は皇族を離れ、「源」の名字を授かったが、祖父に因んで「四辻」とも称した。最高位は、左大臣。

勅撰和歌集に和歌が選ばれるほどの歌人だったが、『河海抄《かかいしょう》』という源氏物語の注釈書を残したことが、彼の名を不朽のものとした。善成の同時代人に、二条良基《よしもと》（一三二〇～一三八八）という大文化人がいて、膨大な著作を残したが、残念なことに源氏物語の注釈書を残していない。

四辻善成の業績は、ほとんど『河海抄』一作に尽きる。だが、その文化的価値は、計り知れない。源氏物語に関して、何らかの貢献をすることが、日本においては特別の意味を持つ。「源氏文化」に身を置くことが、芸術家の最高の使命なのである。近現代でも、小説家の最後の仕事は、源氏物語の現代語訳であることが多い。

『河海抄』の中から、公開すべきでない秘説を抜き出して、『珊瑚《さんご》秘抄《ひしょう》』も著した。

春の七草

この章のタイトルを見て、「四辻善成《よつつじよしなり》？　聞いたことないな」といぶかしく思った読者も多いかもしれない。そう、確かに現在ではメジャーな名前ではない。でも、源氏物語に少しでも関心のある人には、「ああ、『河海抄《かかいしょう》』を書いた人だな」と、ピンときたのではないだろうか。

四辻善成をご存じでない読者のために、かなり有名な言い伝えから始めよう。正月七日は、五節句の一つで「人日《じんじつ》」。「七草がゆ」を食べる日である。では皆さん、春の七草をすべて言ってください。

次のような呪文を知っているかいないかで、正答率が違ってこよう。

　芹・薺《なずな》・御形《ごぎょう》・はこべら・仏《ほとけ》の座・すずな・すずしろ、これぞ七草

これは、「五七五七七」のリズムで詠まれているから、和歌のスタイルである。教訓歌、あるいは記憶歌と言った方がよいかもしれない。この歌の作者が「四辻善成」である、とされることがある。

彼は、『河海抄』という源氏物語の有名な注釈書を書いた。これが、彼の業績のほとんどすべてである。でも、それだけで文学史に名前が残った。しかも、後の時代の文化への影響力は、まことに大きかった。

源氏物語の第二部が始まる「若菜《わかな》」巻は長いので、上《じょう》と下《げ》の二巻に分けるが、「若菜の上」巻で光源氏が数え年の四十歳（現在ならば、満三十九歳）となり、お祝いの宴が催される。平均寿命が極端に短かった平安時代の四十歳は、現在の六十歳くらいのイメージだろう。当時の人は、四十歳で「老人」の仲間入りをする。

長生きして四十歳の正月を迎えた老人に、これからもずっと元気でいてほしいという願いを込めて、若返りの秘薬として春の野原で摘んだ「若菜」を献上して食べてもらうのが、四十の賀のメイン・イベントだ。

源氏物語では、玉鬘《たまかずら》という美女（夕顔の娘）が光源氏に若菜を献上する大役を務めた。四辻善成の『河海抄』では、この箇所で、「若菜」の草には十二種類のものと七種類のものとがあると注釈している。なお、やまと言葉では、「草」も「種」も、どちらも「くさ」と発音する。『徒然草』にも、タイトルを『つれづれ種』と書いた写本があるくらいだ。「七種」も「七草」も、共に「ななくさ」と発音するのだ。

十二種類とは、「若菜・薊《あざみ》・萵苣《ちしゃ》・芹・蕨《わらび》・薺・葵《あおい》・蓬《よもぎ》・水蓼《みずたで》・水雲・芝《し》・菘《すずな》」である。「十二種類の若菜」の筆頭に「若菜」が入っているのは、かなり変である。「水雲」も、よくわからない。モズクとも、「水寒《すいかん》」のこととも言われる。「芝」は、キノコ。「菘」を「松」と書いた写本もあり、これだと「すずな」が入らないことになる。「十二」という数字自体に意味があり、「十二種類」の薬草を揃えることが大切で、その中身が具体的に何であるかは二の次だったのだろう。

それで、肝心の「七種の若菜＝春の七草」とは、何々か。


薺・はこべら・芹・菁・御形・すずしろ・仏の座

「菁」は、蕪の青菜のことだから、「すずな」のことである。四辻善成が『河海抄』に列挙した「春の七草」を平仮名で書けば、「なずな・はこべら・せり・すずな・ごぎょう・すずしろ・ほとけのざ」となる。この順番を、五七五七七のリズムになるように配列し直せば、さっきの、芹・薺・御形・はこべら・仏の座・すずな・すずしろ、これぞ七草となる。『河海抄』とは、順番が違う。おそらく、この和歌の作者は四辻善成ではないだろう。けれども、「春の七草」についてウンチクを傾けた四辻善成の学説に基づいて作られた和歌なので、「四辻善成の作」と言い伝えられたのだろう。

春の七草を詠み込んだ歌は、四辻善成が源氏物語の最高権威であるという信頼感のうえに語り伝えられてきた。

森鷗外の名作にも影響を与える

四辻善成の源氏研究は、「若菜」などの言葉の意味を探究することから始まった。彼の時代は、紫式部から三百五十年以上も経過している。だから物語が書かれた当時の言葉の意味は、大きく変わっていた。

高校の古文の時間に、平安時代の「うつくし」は「美しい」よりも、「かわいい」という意味が強いと教わって驚いた経験は、多くの人がお持ちだろう。「同じ日本人だから、日本語で書かれた古典が努力なしに読める」という考えは甘かったと、大いに反省させられる。

紫式部の時代の言葉の意味を、努力を払って研究したのが、四辻善成である。その研究成果は、その後も長く利用され続けた。

森鷗外の処女作は、『舞姫《まいひめ》』。高校の現代文の教科書にも収録される名作である。一八九〇年の発表だから、源氏物語のほぼ九百年後に書かれた計算になる。

太田豊太郎は役所から派遣されてベルリンに留学中、エリスと同棲して学問を怠り、罷免《ひめん》された。たまたまドイツを訪れた親友の取りなしで、豊太郎は天方《あまがた》伯爵の通訳となる。仕事のためには、妊娠中のエリスをベルリンに残して、ロシアへと旅立たねばならない。

ロシアへ向かう汽車が発着する駅にエリスが見送りに来たら、さぞかし泣かれて自分の決心が鈍ると考えた豊太郎は、彼女を母親に託して知人の所へ送り届ける。その場面に、

　また（エリスが）停車場にて、涙こぼしなど、したらんには、影護かるべければ、

とある。「影護」の部分は、どう読むのだろうか。

何と、「影護《うしろめた》かるべければ」が正解なのだ。

「うしろめたし」は、現代では「良心に悖《もと》るところがあって、心やましい」の意味だが、平安時代には「後のことが心配であり、不安である」という意味だった。

豊太郎はすぐにベルリンに戻るつもりだが、自分がロシアに出かけてしまったら、短期間であっても一人で残される妊娠中のエリスのことが心配で、後ろ髪を引かれる思いに駆られた。その心情を、森鷗外は「影護し」という形容詞で表した。

鷗外はどこから、こんな妙ちくりんな漢字の宛《あ》て方《かた》を知ったのだろうか。

私はこれを、鷗外が源氏物語を深く学んだ痕跡だと考える。たとえば、源氏物語の「桐壺」巻。桐壺更衣が急逝した後、彼女の忘れ形見である光源氏は、更衣の母親（光源氏から見れば母方の祖母）の家にいる。父の桐壺帝は、一刻も早く光源氏を宮中に連れてくるようにと命令する。

祖母は、娘をいびり殺した悪女たちがひしめく宮中に、幼子《おさなご》の光源氏を遣《つか》わしたら、どんないじめにあうかと心配でならない。その祖母の心情を、紫式部は「うしろめたう」と書いている。

そこのところを、四辻善成の『河海抄』は、こう解説している。

影護《ウシロメタシ》　和名

『和名抄』という日本最古の漢和辞書には、「影護」という漢字熟語に「うしろめたし」という日本語を宛てている、という指摘である。

森鷗外が『舞姫』を書いた時、わざわざ十世紀前半に書かれた『和名抄』を参考にしたのではないだろう。『河海抄』の説から、孫引きしたのだ。でも、鷗外は『河海抄』を直接に読んだのではなかった。なぜなら『河海抄』という本は、明治時代には一般人が読むことは非常にむずかしかったからである。

ここは大切なポイントなので、もっと厳密に説明しておきたい。最初に、四辻善成の『河海抄』が、「うしろめたし」という源氏物語の本文を解釈した時に、『和名抄』を参考にして、「影護」（大切な人を覆《おお》うようにして、陰《かげ》ながら護ってあげたい）の意味だと、説明した。

この『河海抄』の説は、その後の源氏物語の研究者たちに影響を与え、ずっと踏襲された。江戸時代に、北村季吟《きぎん》という人物が『湖月抄』という注釈書を書いて、それまでの学説を集大成した時にも、『河海抄』の「うしろめたし＝影護」説がしっかりと明記された。この『湖月抄』は、第八章で詳しく説明するが、江戸時代から明治時代にかけて広く流布し、多くの人に読まれた。

その『湖月抄』を通読している時に、森鷗外は「うしろめたし＝影護」説の存在を知り、自分のボキャブラリーに追加したのである。十九世紀の近代小説『舞姫』の、「影護かるべければ」という不思議な表現は、こういう経緯で誕生した。

「うしろめたし」という源氏物語の言葉は、それに「影護」という漢字を宛てた『河海抄』の功績で、明治の文豪・森鷗外に生きたまま手渡されたのだ。

「影護」は、ほんの一例である。森鷗外の名作『舞姫』は、「源氏文化」の明治時代における見事な開花だった。四辻善成の『河海抄』の説は、『湖月抄』を経由して、鷗外の文体にまで染《し》み込んでいる。

『徒然草』や『枕草子』の読み方にも影響を与える

ところで、四辻善成の語釈研究の成果は、源氏物語の読者だけに受け継がれたのではない。

江戸時代の初期に、『寿命院抄《じゅみょういんしょう》』という『徒然草』の注釈書が書かれた。著者の寿命院は、医者でもあり古典学者でもあった人物である。この『寿命院抄』では、源氏物語を読み解くために四辻善成が書き記した「語釈」（やまと言葉を漢字のニュアンスで説明する方法）が、何と『徒然草』研究にも転用されている。

『徒然草』の中に源氏物語で使われたのと同じ言葉があれば、『寿命院抄』は『河海抄』の語釈をまるごと転記してしまうのだ。プライオリティーも、源氏物語と『徒然草』の個性の違いも、あったものではない。ちなみに、『徒然草』の著者である兼好は、四辻善成よりも少しだけ先に生まれているが、同時代人である。

『湖月抄』を書いた北村季吟は、『枕草子』についても『春曙抄《しゅんしょしょう》』という注釈書を著した。あの与謝野晶子が、

春曙抄に伊勢《【伊勢物語】》をかさねてかさ足らぬ枕はやがてくづれけるかな（『恋衣』）

と歌った『春曙抄』である。『枕草子』は源氏物語と同じ時代なので、共通するボキャブラリーがたくさんある。季吟は、源氏物語で用いた『河海抄』の語釈を、そのまま『枕草子』にも用いている。

四辻善成は、『古今和歌集』や『伊勢物語』の注釈はしなかった。むろん、同時代に書かれた『徒然草』の注釈も書かなかった。けれども、彼が源氏物語を読み解くために開発した「漢字と平仮名を併用した語釈研究」というアイデアは、後の人々に絶賛され、ほとんどの古典文学の研究に浸透していった。

簡単に言えば、日本人は（特に江戸時代の人は）すべての古典文学を源氏物語の流儀で読み解こうとしたのである。だから、源氏物語に通じていれば、『枕草子』や『徒然草』をはじめとして、すべての古典文学が読み解けた。その要《かなめ》の位置にあるのが、四辻善成の『河海抄』だったのである。

こういう読解方法を批判したのが、国学の天才・本居宣長《もとおりのりなが》である。彼は、「うしろめたし」は「後ろ目痛し」が正しい語源であり、「影護」は間違いだ、と痛烈に批判している。学問的には、なるほど宣長の方が正しいかもしれない。

ただし、宣長以後も、たとえば森鷗外のように、『河海抄』の説に基づく言語表現を試みる近代文学者がいたのだ。「後ろ目痛し」よりも「影護」の方が、何となく文学的な感じがするからだろう。『河海抄』の文化的影響力は、否定できないほどに大きかった。

四辻善成は、どういう人だったか

プロフィールでも書いたが、四辻善成は、足利幕府が樹立され、南北朝の争いが続く時代を生きた。最高位は、左大臣。

善成の肖像画は、残っていない。それで、本章の扉には彼の生きた時代を反映している絵を掲げた。善成が『河海抄』を書いたのが、一三六二年頃。その直前の一三五八年、新田義興（義貞の子）が矢口《やぐち》の渡《わたし》で謀殺される事件があった。江戸時代には『神霊矢口渡』として脚色された。この絵を、四辻善成の時代の象徴として掲げたのである。

曾祖父は、承久の変に敗れ、佐渡に配流された順徳天皇。順徳天皇は、『禁秘抄《きんぴしょう》』や『八雲御抄《やくもみしょう》』などを著し、学者としても優れた業績を残している。その血を、四辻善成は受け継いでいる。

祖父は、「四辻宮」と呼ばれた善統《よしむね》親王。父は、尊雅《たかまさ》王。

「天皇→親王→王」とワン・ランクずつ品下《しなくだ》ってきて、善成の代で皇族から離脱する。臣籍降下した彼は、「源」の名字を賜った。だが、祖父の「四辻宮」にちなんで、普通には「四辻」という姓を用いた。

『河海抄』という彼のライフワークは、「物語博士《ものがたりはかせ》（「物語の達人」くらいの意味）」である「源惟良《みなもとのこれよし》」のペンネームで書かれている。「源」は、著者である四辻善成が天皇の血を引く源氏であることを、臣籍降下した光源氏と重ねている。

「惟」は、光源氏の乳兄弟で、青春の冒険を共にした「惟光《これみつ》」のこと。「良」は、これまた光源氏の腹心である「良清《よしきよ》」のこと。

「惟光や良清と同じように、忠実に光源氏を尊敬する立場で、源氏物語の真実を探究した本」。これこそが、四辻善成の名著『河海抄』である。彼もまた、源氏物語への大いなる愛を、生きる原動力とした人だった。

それでは、『河海抄』というタイトルは、どこから付けられたのだろう。ことわざに、言う。

泰山《たいざん》は、土壌を譲らず。故《ゆえ》に、能《よ》く其《そ》の高さを成《な》す。

河海は、細流を厭《いと》わず。故に、能く其の深さを成す。

泰山（中国の高峰）は、どんなに少ない土でも譲らずに集めることで、高い山となった。黄河や黄海は、どんな小さな流れでも厭わないで受け入れることで、深くなった。『河海抄』は、どんなトリビアルな知識であっても捨てず、集成することで源氏物語研究史上に金字塔を打ち立てようとしたのだ。

なお室町時代の三条西実隆《さんじょうにしさねたか》は、『細流抄《さいりゅうしょう》』という、これまた一時代を画した源氏物語の注釈書を書いたが、『河海抄』と同じことわざから書名タイトルを付けているのが奥ゆかしい。実隆については、第六章で取り上げる。

『河海抄』のトリビアは、ただのトリビアならず

『河海抄』には、語釈（言葉の意味）だけが書かれているのではない。実に、さまざまのエピソードが、次から次へと記されている。まさに「トリビアの泉」である。

たとえば、源氏物語「桐壺」巻の冒頭に、桐壺帝の後宮には「女御《にょうご》・更衣《こうい》」がたくさん集《つど》っていた、と書かれている。この箇所で『河海抄』は、醍醐《だいご》天皇（在位期間は八九七

〜九三〇）の後宮に、何人の后がいたかを列挙してゆく。その数、何と二十七人。

善成が二十七人もの后の名前をリスト・アップしたのは、トリビア的な知識欲のためではなかった。そこが、すごいのだ。

二十七人の后の中に、「近江の更衣」と呼ばれた源周子がいて、彼女の生んだ子に、皇族から臣籍降下した「源高明《たかあきら》」がいる。高明（九一四〜九八二）は、左大臣になったあとで失脚し、大宰府《だざいふ》に流された。人生の起伏に富む「貴種流離譚《きしゅりゅうりたん》」を地で行《い》った貴公子である。

善成は、ここで何と虚構の作り話である源氏物語の「モデル」を捜していたのだ。

彼は、桐壺帝が「醍醐天皇」だと突き止めた。その根拠は、いくつかある。

その一。源氏物語の中では、父である桐壺帝から子の朱雀帝《すざく》へ、さらには兄の朱雀帝から弟の冷泉帝《れいぜい》へと、皇位継承がなされる。このような皇位継承を史実で捜すと、「父の醍醐天皇から子の朱雀天皇へ、そして兄の朱雀天皇から弟の村上天皇へ」という流れが発見できる。しかも、「朱雀帝（朱雀天皇）」が二番目に位置するのも、史実と源氏物語の共通点である。

その二。醍醐天皇が近江の更衣に生ませた源高明は、桐壺帝と桐壺更衣の間に生まれた光源氏と重なる。そして、源高明の左遷は、源氏の須磨《すま》・明石《あかし》への旅立ちと一致する。

実は、第一の皇位継承の順序だけでは、「桐壺帝＝醍醐天皇」という特定はできない（桓武天皇も候補になったりする）。だが、「源氏になった悲運の皇子」の父親という要素を加味すれば、「桐壺帝＝醍醐天皇」という唯一の結論が得られるのだ。

その三。醍醐天皇は、『十訓抄』などで、死後に地獄に堕《お》ちたと伝えられる。桐壺帝も、「明石」巻で光源氏の夢枕に立ち、自分は天皇在位中の小さな過ちのために、まだ成仏できずに償っていると告白している。

以上の三点から導き出された四辻善成の結論は、説得力に富む。一〇〇八年頃に書かれた源氏物語は、作者である紫式部にとって（同時代の読者にとっても）、およそ七十年以前の醍醐天皇の御代から始まる「歴史ロマン」だったのだ。そして、フィクションの物語の主人公・光源氏には、源高明という実在の人物の人生が投影されていたのだ。

5Wと1Hのうち、「いつ」と「だれが」に関して、まことに大胆な把握である。そして、実に深い理解である。源氏物語の骨組みが、明らかになるからである。

嘘から出た真《まこと》

源氏物語の魅力の一つは、そのリアリティーにある。

源氏物語といえども所詮は作り話であり、光源氏は架空のヒーローである。そう思って読み始めた読者も、次第に抜き差しならない「現実感＝リアリティー」を感じるようになる。登場人物の喜怒哀楽が、読者の心に直接にびんびんと響いてくるからだ。

六条御息所《ろくじょうのみやすどころ》の霊魂が出現する場面では、読者は彼女の霊と一体となって、嫉妬と憎悪の感情を爆発させる。藤壺が逝去する場面では、読者は光源氏の立場になって追懐の涙をこぼす。紫の上の逝去の場面では、読者は紫の上の立場で、永年連れ添った夫に対する絶望感にうちひしがれる。そして、宇治十帖の最後の場面では、読者は浮舟《うきふね》と一体化し、これから自分はどう生きればよいのかと、思案に暮れる。

光源氏の涙も、六条御息所の怒りも、紫の上の絶望も、浮舟のためらいも、すべて「自分自身の問題」として読者は受けとめる。決して、他人事《ひとごと》ではない。この物語に出てくる人々は、すべて生身の人間と同じように、現実味がある。

ここで、発想を変えてみよう。もし彼らが実在の人物でもあるとしたら、どうだろうか。『伊勢物語』で「昔男《むかしおとこ》」と呼ばれる男が、在原業平《ありわらのなりひら》（八二五～八八〇）という実在した人物をモデルとしていたように、源氏物語のキャラクターにも、あるいは舞台となっている地名にも、実在したモデルがあるのではなかろうか。

鎌倉時代には『伊勢物語』に関して、男の実名が在原業平であるだけでなく、彼をめぐる十数名の女性たちの実名もすべて突き止められていた。ならば源氏物語でも、虚構の文章の背後に隠れている実名が、きっと突き止められるはずだ。

そういう読み方をしたのが四辻善成であり、その報告書が『河海抄』なのだ。

源氏物語は、四辻善成の登場によって、虚構の物語から「虚実が半《なか》ばする物語」へと読み替えられた。源氏物語は、新しい本質を読者の前に開示したのだ。表面だけ見れば虚構であっても、その根っこには歴史的事実がある。

水面を優雅に泳ぐ白鳥を支えているのは、水面下での激しく苦しげな足の動きである。光源氏のロマンチックな人生は、リアリティーという基盤が支えていたのだ。

このリアリティーがあるから、読者も感情移入ができる。百パーセント全部が作り話だったなら、これほど読者の共感は得られなかっただろう。

モデルとは

ここで、四辻善成が確立したモデル説を、いくつか紹介しておこう。

その一。「夕顔」巻で、光源氏が夕顔を連れ出し、何者かの霊魂（通説では六条御息所の生霊《いきりょう》、少数説では古屋敷に住み着いた亡霊）が現れて夕顔を取り殺した「某《なにがし》の院（さる邸宅）」とは、源融《とおる》が造営して、彼の死後に荒廃した「河原《かわら》の院」のことである。

その二。「若紫」巻で、光源氏が「わらわやみ＝マラリア」の治療のために出向いた「北山《きたやま》」とは、都の北の方角にある山の意味だが、毘沙門天《びしゃもんてん》を祀《まつ》る「鞍馬寺」のことである。

ちなみに、私も初めて鞍馬寺を訪れ、うねうねとした「九十九折《つづらおり》」の坂を歩いている時に、「若紫」巻の描写がまざまざと脳裏に浮かび、「北山」がおそらくこの場所だろうと、足で納得した鮮烈な思い出がある。

その三。「手習《てならい》」巻で、死のうとして死にきれず、気絶していた浮舟を助けた「某《なにがし》の僧都《そうず》（さる僧侶）」とは、名僧として知られた恵心《えしん》僧都（＝源信《げんしん》）のことである。

これらのほとんどは、現在でも認められている卓見である。「コロンブスの卵」と同じことで、誰かが口にしたあとで、追随するのは簡単だ。だから、初めて新しい読みの可能性を切り開いた四辻善成の名誉は、どんなに称賛してもしすぎることはない。

善成の時代には、むろん「モデル」という言葉はなかったので、「准拠《じゅんきょ》（準拠）」という言葉を使っている。厳密には、モデルではなく、イメージの重なりである。虚構の中に史実が入り込み、史実が虚構に組み換えられる。

江戸時代に人形浄瑠璃というジャンルを確立した近松門左衛門が目ざした芸術世界は、「虚実皮膜《ひまく》の間《かん》」という言葉で代表される。その文芸理論のハシリが、南北朝時代に生きた四辻善成だったのだ。

「重ね」こそ、日本文化の特質

江戸時代初期に、林羅山《はやしらざん》（一五八三〜一六五七）という大学者がいた。朱子学を極め、徳川家康に認められ、学者から政治家への道を歩き出した儒学者である。その羅山が世に出る前は京都に住んでいたが、自分の貧しい家を「夕顔巷」と称している。

「ゆうがおのちまた」とも読めるが、本人は「せきがんこう」と音読みしていたと思われる。隣人の会話が筒抜けの小さな家。本来、自分がいるべきでない場所に、自分は逼《ひっ》塞《そく》を余儀なくされている。林羅山は、源氏物語の「夕顔」巻をよほど愛読したのだろう。性別を超えて、彼は夕顔という女の生き方に、自分を重ねている。

十一世紀に書かれた虚構の物語が、十七世紀を生きる人間の心を強く揺さぶり、一体化させたのだ。夕顔に自分の分身を見た男性知識人は、羅山だけではない。北村季吟もまた、柳沢吉保によって江戸へ招聘される以前は、京都での貧しい学者生活を夕顔の宿に喩えている。

江戸時代には、膨大な考証随筆が書かれた。いわゆる「好事家《こうずか》」が続出したのである。彼らは何と、夕顔の住んでいた家のありかを、突き止めた。あまつさえ、光源氏が明石に左遷されていた時期の散歩道も特定した。

これを笑うのは、たやすい。だが、ベーカー街二二一番地bにシャーロック・ホームズが住んでいると信じる愛読者を笑える人が、何人いるだろう。「虚実皮膜の間」。彼らだって、夕顔やホームズが虚構の人物であることは、百も承知なのだ。そのうえで、実在する空間との「重ね」を楽しんでいる。

日本文化の特質の一つに「重ね」があると、私は考えている。王朝の人々の衣服は「重ね（＝襲《かさね》）」と言って、上と下、あるいは表と裏の微妙な色彩のずれと重なりを楽しんでいた。香道でも、異なる材料を配合して、繊細な香りの重なりを味わう。茶道でも、見た目は貧しい田舎家を、広大な精神宇宙と重ね合わせる。

それを言葉の領域で実践したら、「懸詞」となる。四辻善成が「うしろめたし」というやまと言葉に「影護」という漢字熟語を重ねたのも、同じ発想である。

そして、善成が「桐壺帝」という虚構の人物に「醍醐天皇」という実在した人物を重ねたのも、その延長線上にある。

日本人はその後も「重ね」の精神を大切にし、明治時代の文明開化に対して、「和洋折衷・和魂洋才」という独創的な「重ね」を試みて成功し、大いなる飛躍をなし遂げた。

四辻善成が源氏物語の解釈を一新した『河海抄』は、日本文化の大いなる潮流を形成してゆく。真実は一つだけしかないとか、言葉や文章の意味は一つしかないと考える平板な文化論の対極に、善成が読み取った源氏物語の多面的な拡がりがある。

紫式部の墓

源氏物語に心ときめき、リアリティーを感じた読者は、作品世界の歴史的実在を信じるだけでなく、作者の実在をも痛感する。

そして、これだけの物語を書き残してくれた作者にお礼の一言も言いたくなるし、お墓に詣でて線香の一本も手向けたくなる。

ありがたいことに、四辻善成は紫式部の墓が「雲林院《うりんいん》」にあったと、『河海抄』の冒頭近くで書き記している。「白毫院《びゃくごういん》の南」の「小野篁《おののたかむら》の墓の西」にあったと証言しているのだ。

これもまた、例によって真偽は定かではない。興味をお持ちの方は、ぜひとも現地を訪ねていただきたい。紫式部の墓と小野篁の墓が並んで建っているのが、見届けられるだろう。これは、現代の好事家の建立《こんりゅう》になるものだが、「歴史と文学」の虚構と真実を重ねて楽しむ「大人の文化」は、今でも続いているのが頼もしい。

第四章

一条兼良——五百年に一人の天才による分類術

「新編歌俳百人撰」より
（東京大学総合図書館蔵）

一四〇二～八一。政治家・古典学者。四辻善成のプロフィールで名前を出した二条良基の孫に当たる。関白まで昇ったが、応仁の乱から始まった歴史の大波に翻弄される。「五百年に一人の天才学者」と称えられるほど、多方面にわたって膨大な著書を書き残した。宮中のしきたりをまとめた有職故実《ゆうそくこじつ》書に『公事《くじ》根源《こんげん》』、和歌の評論書に『歌林良材集』、政治教訓書に『文明一統記』（足利義尚《よしひさ》に献呈）・『小夜寝覚《さよのねざめ》』（日野富子に献呈）などがある。

古典文学関連では、『伊勢物語』の注釈書である『愚見抄《ぐけんしょう》』と、源氏物語の注釈書である『花鳥余情《かちょうよせい》』が名高い。また、『日本書紀』の注釈書である『日本書紀纂疏《さんそ》』も著した。

源氏物語に関しては、光源氏の年齢を物語全体の構造とからめて論じた『源氏物語年《とし》立《だて》』、『花鳥余情』の中から秘説を書き抜いた『源語秘訣《げんごひけつ》』などもある。

十五世紀きっての碩学《せきがく》であり、貴族文化を体現した大文化人だった。

応仁の乱、起こる

一条兼良の名前は、「かねよし」とも「かねら」とも読む。一昔前は「かねら」説が有力だったので、年配の読者はこちらで記憶しておられよう。私も、「いちじょう・かねら」で日本史の受験勉強をした世代である。ところが最近は「かねよし」説が有力となり、『広辞苑』でも「いちじょう・かねよし」で項目が立ち、「カネラとも」と付記されている。

藤原氏一門の中で、摂政・関白に任命される最高の家柄を「五摂家《ごせっけ》」と呼ぶ。近衛・九条・二条・一条・鷹司の五つである（この五摂家の「二条家」は、定家の血筋を受け継ぐ和歌の家柄の「二条家」とは別）。その一条家の当主が、兼良である。ただし、父が二条家に生まれて一条家を継いだので、一条兼良は二条良基の孫に当たる。

兼良は、数えの二十八歳で左大臣、四十六歳で関白となり、五十二歳で関白を辞任した。関白の位をわが子に譲った人を「太閤《たいこう》」と呼ぶのは、豊臣秀吉の『太閤記』でよく知られている。太閤が出家すれば、「禅閤《ぜんこう》」となる。一条兼良は出家したので、「一条禅閤」と呼ばれる。ただし、その間六十六歳から六十九歳まで、再度関白を務めている。

彼が関白になったのは、室町幕府の八代将軍・足利義政の時代である。つまり、銀閣寺に代表される「東山文化」の最盛期だった。華道・茶道・能楽・連歌・建築・庭園などの分野で、後に「日本文化のエッセンス」と呼ばれるものが一斉に花開いた。だが、東山文化の最盛期は、応仁の乱の起きた混乱の時代でもあった。

将軍家の跡継ぎ問題がきっかけとなり、一四六七年に勃発した応仁の乱から、長い下剋上の戦国時代が始まった。歴史学的には、応仁の乱から織田信長が天下統一に乗り出すまでが「戦国時代」である。

だが、織田信長・豊臣秀吉・徳川家康が「天下人」となってからも、戦乱は実質的に続いていた。待望の平和が訪れたのは、一六一五（元和元）年の大坂夏の陣以後だった。よって、本書では「応仁の乱」から「元和《げんな》偃武《えんぶ》（元和元年に武器をやすめ、ふせたこと）」までを「戦乱の時代」あるいは「乱世」と呼び、この間に営々と源氏研究に励んだ巨人たちを顕彰したいと思う。その最初が、一条兼良である。

兼良は、「足軽」という存在を憎しみを込めて、「悪党」と罵っている。これは、日本史の大学入試でしばしば設問になるほど、有名である。

関白になる前から彼は学問に励んでいたが、関白を辞してからは研究の集大成を図った。膨大な著書を残した彼の代表作は、『伊勢物語』の注釈書である『愚見抄《ぐけんしょう》』と、源氏物語の注釈書である『花鳥余情《かちょうよせい》』の二つである。それぞれ五十九歳、七十一歳の力作である。

「女」とあれば、ただの「女」

室町時代の後半は戦乱に明け暮れたが、人間の考え方は意外なほどに合理的だった。昨日の敵は、今日の友。そして昨日の友は、今日の敵。たとえ自分の親の仇《かたき》であっても、政治的駆け引きによって、手を組まなければならない場合がある。そういう時に、辛い過去を引きずって恨むのは、もってのほか。すべて、ドライに割り切るしかない。これが、戦国時代特有の合理的思考である。それは武士だけのものでなく、天皇から庶民までを広く覆っていた。

信じられるのは、自分の目で見、自分の耳で聞いたものだけ。自分の下した判断に責任を取るのは自分しかおらず、もし判断にミスがあれば、直ちに命を失ってしまう。こうして混乱とひきかえに、合理的精神が日本全国に広く行き渡ったのである。

一条兼良は、まさに合理的精神の権化《ごんげ》だった。そして、合理的精神を古典文学の研究にぶっつけた。合理主義者が、古典を読んだらどうなるか。それをはっきり示すのが、

『伊勢物語』の解釈である。

『伊勢物語』には全部で百二十五の短い章段があるけれども、ほとんどは「昔、男ありけり」という書き出しで始まっている。その「男」が、「女」に恋して和歌を詠む。

一条兼良が登場する以前は、「男」とあれば「在原業平」のことだとされ、「女」とのみあって実名が書かれていなくても、この段の「女」は清和天皇の后である二条の后(藤原高子《たかいこ》)であり、この段の「女」は小野小町である、などと実名を当てはめた解釈がなされていた。

つまり、四辻善成が源氏物語の登場人物たちに「モデル」を想定した読み方を、『伊勢物語』の読者たちは当然のこととして実践していたのである。

その結果、『伊勢物語』には、業平が愛した十二人の女性との恋愛模様が描かれている、その十二人の実名は誰それである、という解釈が全盛を迎えていた。

一条兼良の合理的思考、あるいは批判的精神は、こういう「モデル読み」に公然と反旗を翻した。信頼できる歴史資料に、業平がその女性と交際していたと明記してあれば、信じもしよう。けれども、歴史資料にも記載がなく、文学作品の中では信憑性のある『古今和歌集』などの勅撰和歌集にも記載のない事柄に関しては、実名を勝手に代入するのは憶測に過ぎない。

「女」と書いてあったら、「女」以上でも「女」以下でもない。誰でもない、ただの「女」と解釈すべきで、勝手に特定の人名を当てはめるべきではない。それらは、「胡《う》乱《ろん》」で「大いなるあやまり」である。

この時、『伊勢物語』の解釈史は、大きな転換点を迎えた。そして、その後には大きな転換点を迎えることはなかった。兼良がレールを敷いた合理的・実証的な解釈は、今でも続いている。つまり、「深読み」の否定である。大学入試の国語の試験問題の、「傍線部について、最も適切な解釈を次の中から一つ選びなさい」という設問方式と同じである。浅すぎもせず、深すぎもしない、穏当な解釈が、唯一の正答となる。それが、論理的な思考方法の当然の帰結だからだ。

現代の高等学校の古文の教師用指導書そのままだなあ、と変に感心してしまう。

夢がないと言えば、夢のない解釈である。だが、彼は夢など見ていられなかった。血で血を洗う悲惨な時代が、人間に悠長な夢を見ることを許さなかった。というより、悪夢のような現実を生きるしかなかった兼良は、あえて夢を見ないことを自分に課したのだろう。

源氏物語研究にも応用された兼良の言語感覚を、『愚見抄』から具体例を挙げて説明しておこう。『伊勢物語』に「みやび」という言葉が出てくる。兼良は、「みやび」には、「みやびかな雰囲気」と「異性を好きになること」の二通りの意味があって、源氏物語では前者、『伊勢物語』では後者の意味で使われることが多い、と指摘している。

「この言葉には、大きく分けて三つの意味がある。第一に、……という意味。第二に、……という意味。第三に、……という意味。この文脈では、二つ目の意味になる。また、『伊勢物語』では第一の意味として使われることが多いが、源氏物語では第二の意味として用いられることが多い」。これが、一条兼良の文脈に即した語釈である。

現代の国語辞書や教師用指導書のスタイルと、きわめて近い。

すべてを知っていた男

理性的推論の基礎となるのは、知識である。一条兼良は、万巻の書を読んだ知識人・教養人だった。「十年に一人の逸材」ならゴマンといるし、「百年に一人、出るか出ないかの天才」にも、時々お目にかかる。兼良は、何と「五百年に一人」と絶賛された。

では、兼良以前の「五百年に一人」の天才とは、誰か。学問の神様・菅原道真《すがわらのみちざね》（八四五〜九〇三）である。兼良が生まれた一四〇二年は、道真の五百回忌の年に当たる。

合理的精神の持ち主である兼良は、謙遜したりしなかった。兼良は三つの点で、自分が道真よりも優れていると豪語していた。こうなると、「千年に一人」の天才である。

第一に、血筋の良さ。自分は、五摂家の生まれである。むろん、道真よりは格段に毛並みがよい。

第二に、身分。自分は関白まで昇り詰めたが、道真は右大臣どまり。兼良が右大臣になったのは、わずか二十三歳の時だった。

第三に、知識量。道真は、彼が死んだ九〇三年から後に起きた出来事を知らないし、九〇三年の後に書かれた書物を一冊も読んでいない。それに対して、自分は九〇三年以後の出来事や書物のほとんどを知っている。

この三点目は子どもじみた自慢話のようだが、そうではない。和歌の聖典たる『古今和歌集』が完成したのは九〇五年。つまり、道真の没後である。『伊勢物語』が書かれたのが、十世紀の後半。日本文学の最高傑作である源氏物語が書かれたのは、一〇〇八年前後。そして、これらの三大傑作の解釈をめぐって、たくさんの研究書が書かれた。

それらすべてと、菅原道真は何ら関わっていない。しかるに自分は、そのすべてを理解している。

『古今和歌集』を読んでこそ、知識人の仲間入りができる。そして、俗っぽい解釈を退け、アカデミックな解釈を樹立してこそ、真の知識人となる。『伊勢物語』も、源氏物語も、これを読まずして、日本人としてのアイデンティティーは得られない。

『古今和歌集』・『伊勢物語』・源氏物語の書かれる以前に亡くなった天才・菅原道真は、不幸である。あるいは、不運である。その後に生まれた自分は、全力を傾けて立ち向かう傑作に恵まれて、どんなに幸福であることか。

兼良は、源氏物語の注釈書である『花鳥余情』で、「我が国の至宝は、源氏の物語に過ぎたるはなかるべし」と、高らかに宣言した。

自分は、この物語のすばらしさを最もよく知っている読者である。そして、自分は、この物語の本質を最もよく理解できている人間である。そういう自信が、みなぎっている。

この『花鳥余情』は、「カチョウヨジョウ」とも発音するが、「カチョウヨセイ」と読むのが普通である。「風情」と書いて「フゼイ」と読むのと同じ。このタイトルは、『古今和歌集』に由来する。

『古今和歌集』の真名序《まなじょ》（漢文で書かれた序文）に、和歌は男女の仲を取り持つ触媒であるという意味で、「花鳥《かちょう》の使《つかい》」という言葉が見える。唐の玄宗皇帝が中国全土から美女を集めるために派遣した使者のことで、恋文を持って男女を媒介する役職である。

一条兼良は、和歌が男と女の結びつきを強めるものと考えただけでなく、源氏物語もまた「男と女の結びつき」を主題とする作品だと見なした。その核心にまでは、もしかしたら迫りえないかもしれないけれども、せめて「余情」だけでも明らかにしたいと願って、『花鳥余情』を書いた。

だが、兼良にとっての「恋」とは、決してドロドロした泥沼ではなく、理性で割り切れるものだった。なぜなら、彼が合理主義者だったからだ。

文脈を読みほぐす

源氏物語を「悪文」と呼ぶ人は、多い。森鷗外の友人の松波資之《まつなみすけゆき》は、源氏物語悪文説だった。鷗外本人も、源氏物語の文章は決して読みやすくないと述べている。「影護《うしろめた》し」という言葉を記憶するほどに源氏物語を熟読した鷗外本人にとっても、わかりやすい文章ではなかったのだろう。

確かに、源氏物語の文章は、読みにくい。後世の読者は日本語が変化したので読みにくくなったのだが、紫式部がこの物語を書いた同時代の読者にとってさえも、すらすら読めなかったのではないかと邪推したくなるくらいの難解さである。

それを乗り越えるために、四辻善成の『河海抄』は、言葉の解釈、すなわち「語釈」に挑んでいた。ただし、一つの単語は、すべての箇所で同じ意味だとされていた。四辻善成たち（一条兼良以前）の研究は、ある言葉の「原義」を示すレベルに留まっていたのである。だから、違う巻で同じ言葉が使われていても、同じ「原義」を書いただけで済ませてしまう。

この姿勢は、『河海抄』が源氏物語に関して使った語釈を、『枕草子』や『徒然草』などに転用してしまった江戸時代の古典学者たちの姿勢にも通じている。

だが兼良に言わせれば、言葉の意味は、文脈によって変化するのだ。原義だけ知っていても不十分で、ある文脈では原義そのままの意味だが、別の文脈では原義とは相当にずれた意味になることがある。

それに戸惑うのではなく、しっかりと見きわめようと思った瞬間に、源氏物語は「悪文」ではなくなる。野球で、カーブの曲がりっ端《ぱな》を見きわめろ、と言われるのと同じことだ。悪文だと思う人は、大きな文脈を把握できないだけなのだ。
「空気が読めない人間」は、状況が読めない。だから、片言隻句《へんげんせっく》にこだわって、誤解や曲解を重ね、他人の発言を変な風に受け取ってしまう。それと似ている。最初に大きな「状況＝文脈」を見抜けば、何と言うことはないのだ。

整理大好き人間

合理主義者は、分類マニアであることが多い。一条兼良も、その例外でなかった。自分の頭の中がきちんと整理整頓されているから、何でも分類できてしまうのだ。脳の中に、無数の引き出しというかフォルダーが適切に作られていて、自在に収納したり取り出したりできるのだろう。そういう一条兼良にとって、紫式部は自分と同じ「分類マニア」だと思えたようだ。

源氏物語五十四帖のうち、二番目は「帚木《ははきぎ》」巻。ここには、男たちが理想の女性論を繰り広げる「雨夜《あまよ》の品定《しなさだ》め」がある。「品《しな》」とはランクとか、品質のこと。妻とすべき女性の優劣を決定する鑑定会が、男だけで夜を徹して行われたのだ。

作者の紫式部は、女性を「上《かみ》の品《しな》」「中《なか》の品」「下《しも》の品」と三つに分類している。そして、この分類基準は、身分の上・中・下であると同時に、心の持ち方の上・中・下でもある、とされている。

源氏物語の研究者の中で、「雨夜の品定め」に最も敏感に反応したのは、一条兼良である。『花鳥余情』の解説は、紫式部の分類好きと兼良の分類好きが呼応しており、すっきりと理解できる。しかも、紫式部の議論の組み立て（理論構成）をしっかりと整理しているから、見事なものだ。

兼良の整理好きは、五十四帖の巻の名前についても向けられた。「桐壺」から「夢浮橋」までは、どういう基準で付けられたのだろうか。

兼良は、四区分すれば、五十四のすべてが、必ずどれかに該当するだけでなく、重複しないと考えた。

①その巻の和歌の言葉から選ばれた巻名
②その巻の散文（地《じ》の文《ぶん》）の言葉から選ばれた巻名
③その巻の和歌にも散文にもある言葉を用いた巻名
④その巻の和歌にも散文にもない言葉を用いた巻名

たとえば、「桐壺」巻は、「(更衣の)御局《みつぼね》は、桐壺なり」という地の文から付けられたので、②である。

「帚木」巻は、光源氏が空蟬《うつせみ》と詠み交わした和歌の言葉を使っている。

帚木の心を知らでその原の道にあやなく惑ひぬるかな(光源氏)
数ならぬ伏屋《ふせや》に生《お》ふる名の憂《う》さにあるにもあらず消ゆる帚木(空蟬)

よって、この場合は①。

「夕顔」巻は、どうか。読んでみると、「夕顔」という言葉が和歌と地の文のどちらにも使われている。そこで、③となる。

「夢浮橋」巻は、この巻のどこにも見当たらない「夢浮橋」という言葉を使っているから、④。

確かに、この四つで、すべてが分類可能である。

その名残は、二十一世紀にも続いている。源氏物語の市販されているテキスト類では、巻名を記した直後に、必ず、「この巻の名称は、かくかくという和歌に由来している」とか、「しかじかという場面によっている」、などと説明されている。

稀代の整理大好き人間だった一条兼良の発明した解説マニュアルが、情報化社会の現代でも、ほとんどそのまま利用されているのだ。

これだけだったら、ただ整理好きの人でした、で終わってしまう。だが、兼良はその先を見据えていた。仏教では、「四門《しもん》」と言って、真理に到達する四つの見方（世界認識の方法）があるという。「有門《うもん》」「空門《くうもん》」「亦有亦空門《やくうやくくうもん》」「非有非空門《ひうひくうもん》」の四つである。例えば、人間がこの世に生きる意味は、「存在する」「存在しない」「存在すると同時に、存在しない」「存在するわけでもなく、存在しないわけでもない」の四通りがあることになる。

源氏物語の五十四の巻のタイトルのうち、中世では「帚木」と「夢浮橋」が特に重視された。遠くからは見えても近づいてみたら見えなくなる「帚木」と、幻想か現実か境界の曖昧な「夢」という言葉を含む「夢浮橋」が、「有門」「空門」「亦有亦空門」「非有非空門」の仏教的世界観と関連するからである。一条兼良は、四門を通じてこの物語の思想性を考えると共に、「四分類」方法を五十四の巻名の分類にも適用したのだ。

愛妻家は、子だくさん

それでは、人間としての兼良は、どういう性格だったのだろうか。

驚くのは、子どもの多さである。四人の妻妾との間に、二十六人の子どもに恵まれている。「小林寺殿」と諡《おくりな》された正妻は、そのうちの十五人を生んでいる。

兼良が四十五、六歳を過ぎた頃から、小林寺殿以外の女性を母とする子どもが現れる。それまでは、すべて小林寺殿との間の子どもであるらしい。

兼良が二十六番目の子どもに恵まれたのは、何と数えの七十五歳！

思えば、「好色」の代名詞である光源氏ですら、子どもは三人しかいなかった。一方、光源氏の後継者である息子の夕霧は、律儀者の何とやらで、十五、六人の子だくさんだった。兼良は、どことなく夕霧と似ている。兼良は源氏物語を読みながら、夕霧と自分との類似を意識したかもしれない。

律儀者の愛妻家、恐妻家にして、初めて子だくさんたりうるのだろうか。

日本文化の美徳は、やわらかさにあり

兼良は、応仁の乱の動乱の時代を生きた。おそらく、現実の政治に対して、絶望していたのではないだろうか。合理主義者であるからこそ、男たちの権力欲の戦いには終わりがないことは、はっきりとわかっていた。

それが、彼を女性賛美に向かわせたのかもしれない。兼良が日野富子（義政の妻）に献呈した『小夜寝覚《さよのねざめ》』という本には、「やはらか」に「なよび」た女性こそが、日本文化の最良の美徳だと書かれている。

この日本国は、和国とて、女の治め侍《はべ》るべき国なり。天照大神も、女体《にょたい》にて渡らせ給ふ上《うへ》、神功皇后と申し侍りしは、【ここでは応神天皇】八幡大菩薩の御母にて渡らせ給ふぞかし。

さらに筆を進めて、源頼朝の妻だった「尼将軍」北条政子を称賛し、歴代の女帝はいずれも善政を施したと称えている。

今日、日野富子は金銭欲と権力欲の亡者で、応仁の乱を呼び込んだ悪女というイメージが強い。だが、同時代を生きた兼良は、源氏物語の「雨夜の品定め」の結論を引用し

ながら、男であれ女であれ、「正直」で「道理」を弁《わきま》えた人物が、上に立って統治すべきだ、と主張する。

女性だけを誉め称えているのではなく、女性原理を持った男性であればよいのだ。『源氏物語絵巻』などで描かれる光源氏が、なよなよとした女性的雰囲気をかもし出していることを、思い出してもらいたい。むき出しのマッチョ風の「髭黒大将《ひげくろだいしょう》」では、人の上に立てないのだ。

日本国は、「和国」とも言うが、この「和」は、やわらかいという意味であり、女性原理を意味する。人と人とを対立させ、戦わせるのではなく、あたたかく包み込み、結び合わせる。それこそが、「和歌」の道だった。和歌の美徳を体現した人こそ、政治家として人の上に立ってほしい。少なくとも、自分はそれを理想としてきた……。

和歌のことを、『古今和歌集』の真名序では「花鳥の使」と呼んだ。兼良が「我が国の至宝は、源氏の物語に過ぎたるはなかるべし」と宣言した源氏物語とは、男女の仲をやわらげる「和」の精神のエッセンス（＝花鳥の使）にほかならなかった。だから、その秘密に少しでも迫ろうとして、源氏物語を深く研究し、『花鳥余情』を書いたのだ。

だが兼良の願いも空しく、男性武将たちの飽くなき野望が火花を散らし合い、収拾のつかない戦国時代へと突入していった。マッチョな英雄豪傑が栄枯盛衰を繰り広げる「男たちの時代」だったのだ。兼良が亡くなった時、一条家の財政は逼迫し、葬式にも事欠いたと言われる。時代の流れが、彼の理想を取り残したのだ。

だが、これから文学者たちは何世代にもわたって、『古今和歌集』・『伊勢物語』・源氏物語を最後の砦として、「あるべき理想の政治」としての「和」の思想をあたため続ける。乱世の時代に、平和への熱き祈りを秘めた文化人たちが、源氏物語の研究をとことん深めていった。その先駆けが、一条兼良であった。

彼の墓は、東福寺にある。

第五章　宗祇——乱世に流されず、平和な時代を作るために

栗原信充「肖像集」より
（国立国会図書館蔵）

一四二一〜一五〇二。連歌師・古典学者。貴族階級の生まれではなく、出身地も未詳。弟子の肖柏《しょうはく》・宗長《そうちょう》と三人で詠んだ『水無瀬三吟《みなせさんぎん》』は、連歌の最高傑作として有名である。連歌関係では『竹林抄《ちくりんしょう》』や、准勅撰集である『新撰菟玖波集《しんせんつくばしゅう》』を編纂した。この時代は、連歌師が古典研究の重要な担い手だった。

宗祇は一条兼良からも古典を学んだが、一四七一年、美濃の郡上《ぐじょう》城主である東常縁《とうのつねより》から『古今和歌集』に関する二条家の学説を「古今伝授」として受け継いだことが、文化史上、画期的な意味を持った。この時、常縁から聞き取った『古今和歌集』の注釈が『両度聞《りょうどきき》書《がき》』である。

第一人者となった宗祇は、皇族や貴族にも古典講義をたびたび行った。『伊勢物語』に関する宗祇の講義は、『肖聞抄《しょうもんしょう》』と『宗長聞書《そうちょうききがき》』に書き留められた。源氏物語に関しても、『雨夜談抄《あまよだんしょう》』『種玉編次抄《しゅぎょくへんじしょう》』などがある。そして、宗祇の古典研究の成果は、次の時代を担う三条西実隆へと「古今伝授」によって受け継がれた。ここに、「古今伝授」の血脈が、そのまま源氏研究の最高権威の地位の継承をも意味することになった。

芭蕉があこがれた男

俳聖・松尾芭蕉は、自分が生涯をかけて追い求める風雅（＝俳諧）の道には、何人かの尊敬すべき先行者がいたと、『笈《おい》の小文《こぶみ》』の冒頭で告白している。

西行の和歌における、宗祇《そうぎ》の連歌における、雪舟の絵における、利休が茶における、その貫道するものは、一なり。

西行が和歌の道で実践したもの、宗祇が連歌の道で追い求めたもの、雪舟が絵画の道で達成したこと、千利休が茶道で行ったこと、それらさまざまの芸道の本質は一つの理念で貫かれている。その理念を、自分もまた俳諧の道で求めている、というのだ。

西行は、旅に生き旅に死んだ漂泊の歌僧である。西行は、白河の関を二度にわたって越え、奥州を旅した。だから、芭蕉も一六八九年、『奥の細道』の旅へと出かけた。

宗祇もまた、諸国を遍歴する一生だった。旅の途中、箱根湯本で客死《かくし》した。芭蕉の辞世の句、

旅に病んで夢は枯野をかけめぐる

そのものの最期だった。宗祇が大成した連歌は、「五七五」と「七七」を交互に付け合う形式である。これが、江戸時代には俳諧となり、芭蕉につながってゆく。

この章では、芭蕉が心の底からあこがれた宗祇という人物の魅力を探ると同時に、その魅力ある人物が、源氏物語という作品のどこに魅力を感じていたかを突き止めたい。

古今伝授とは

学問に志すのは、何歳からであっても遅くはない。伊能忠敬のように、世の中には晩学の天才の実例がたくさんあるが、宗祇もその一人である。

受験の世界では、日本史や文学史の時間に宗祇のフルネームを「飯尾《いいお》（「いのお」とも）宗祇《そうぎ》」と暗記させるが、飯尾氏の出身だと断定する証拠はない。伊庭《いば》氏とする説もあるが、これまた証明できない。

名字だけでなく、出身地もわからない。江東《こうとう》（近江の東部、現在の滋賀県東部）とする説や、紀伊国有田郡とする説があるが、確認する資料がない。伎楽師の子として生まれたとも言うが、これまた俗説。けれども、都の大貴族の家庭に生まれたのでなかったのは事実だ。

若い頃の経歴にも、空白が目立つ。前章で紹介した一条兼良に古典学を学んだと言われるが、いつ頃のことなのか、わからない。

三十歳の頃に連歌師として生きる決心をしたというが、残っている彼の最初の作品は四十一歳の時のもの。それから数え歳の八十二歳で箱根湯本で没するまでの四十年間が、宗祇の活動期だった。

関東では太田道真《どうしん》・太田道灌《どうかん》の父子とも交遊し、『河越千句《かわごえせんく》』を残している（現在の埼玉県川越市を、当時は河越と表記した）。この時、宗祇が関東に来ていたのは、武将歌人・東《とうの》常縁《つねより》（一四〇一〜一四八四？）から、「古今伝授」を受けるためだった。

古今伝授とは、辞書類では、『古今和歌集』の語句に関する秘説を特定の人に伝授する儀式である、などと説明されている。その具体例としてよく挙げられるのが、「三鳥の秘説」である。「喚子《よぶこ》鳥《どり》・百千《ももち》鳥《どり》・稲負鳥《いなおおせどり》」という三つの鳥が、どういう鳥で、象徴的にはどういう意味があるか、という教えである。どうでもよい些末な知識を針小棒大にありがたがって権威付けをしているだけ、という悪いイメージで取り上げられることもある。

だが本書では、古今伝授を「理想の政道を求める平和への希求」として位置づけたい。「古今伝授」は、『古今和歌集』だけでなく、『伊勢物語』や源氏物語、さらには『徒然草』などに関する伝授を行うようになってゆく。古今伝授の系譜につながった巨人たちが、『古今和歌集』だけでなく、『伊勢物語』や源氏物語に対するどのような読み方を継承していったかを巨視的に眺めた場合、浮かび上がってくるのが「政道読み」なのである。

一四七一年、五十一歳で古今伝授を受けた宗祇は、名実共に天下第一の古典学者となった。宗祇は、次の章で紹介する三条西実隆に古今伝授を伝え、戦国時代における古典学の火をともし続ける。

都では足利義政が政治に興味を失って銀閣寺を建てて隠棲し、関東では太田道灌が暗殺され、加賀では一向一揆が起こり、伊豆・小田原では風雲児・北条早雲が戦国武将となる夢を叶え、都でも地方でも混乱が続いた下剋上の時代に、宗祇は古典学の研鑽に励んだ。

宗祇の教えは、連歌の弟子たちや武将たちばかりでなく、勝仁親王（即位して後柏原天皇）、「五摂家」の筆頭である近衛家などにも広がった。彼は、乱世の時代に何を願って研究していたのか。その思いを知ることが、「古今伝授」にこめられた乱世知識人の祈りを解明することになる。

時雨の宿の思い

宗祇の代表句の一つが、

世にふるもさらに時雨《しぐれ》の宿りかな

である。自分は今、旅の途中なのだが、冷たい冬の時雨に降りこめられて、なかなか旅立てない。時雨はすぐ止むのだが、またすぐ降ってきてしまう。考えてみれば、自分の人生も、したいこともできず、わびしく不如意《ふにょい》なものだった。この時雨の宿こそ、私の人生の縮図なのだ……。

「ふる」が、世に「経《ふ》る（この世を生きる）」と、時雨が「降る」との懸詞《かけことば》になっている。

この宗祇の句を踏まえて、芭蕉は、

世にふるもさらに宗祇の宿りかな

と詠んだ。

私は、この芭蕉の句を初めて知った時に、「俳聖の作品なのに季語がない」といぶかしく思った。無知とは、恐ろしいものだ。芭蕉が、「世にふるもさらに時雨の宿りかな」という宗祇の句を踏まえたと教わったので、「宗祇の宿り」が「時雨の宿り」と同じ意味であり、芭蕉の句では省略されている「時雨」が冬の季語なのだと納得できた。

芭蕉は、宗祇の心をわが物として、時雨の宿りのように不如意きわまりない人生を生きてゆこう、と決心している。その芭蕉は、現代の「求めない生き方」の指針となっている。だから実際には、こんな句はないけれども、

世にふるもさらに芭蕉の宿りかな

という思いは、多くの現代人の胸の中にあることだろう。

そもそもの宗祇の句も、『新古今和歌集』（二条院讃岐）の、

世にふるは苦しきものを槙《まき》の屋《や》にやすくも過《す》ぐる初時雨かな

という和歌の本歌取りである。

『新古今和歌集』を踏まえて宗祇があり、今度は宗祇が古典となって芭蕉があり、その芭蕉も古典となって現代がある。これが古典の生命を受け継ぐ「文化の連鎖反応」である。

登場人物の心を深く思いやる

宗祇は、『伊勢物語』の講義を何回か行った。その時の講義ノートを弟子がまとめたものが、二つ残っている。『肖聞抄《しょうもんしょう》』と『宗長聞書《そうちょうききがき》』である。前者は牡丹花肖柏《ぼたんかしょうはく》、後者は島田宗長《しまだそうちょう》が宗祇の説を書き取っている。宗祇が残した源氏物語の注釈書は部分的なので、彼の学問のエッセンスは『伊勢物語』の注釈書の方が見やすい。しかも、『古今和歌集』・『伊勢物語』・源氏物語の三大聖典は、たいてい同じ方法論と同じ文学観でアプ

ローチされている。

宗祇は連歌作者だけあって、『伊勢物語』の和歌の勘どころを巧みに解説している。第九段には、「かきつばた」を詠んだ、

唐衣《からころも》着つつなれにし妻しあればはるばる来ぬる旅をしぞ思ふ

という業平の名歌がある。「東下り」の途中、三河の国の八橋で詠まれた歌である。各句の最初の文字を拾い集めると、「かきつはた」となる。

宗祇は、「この和歌のテーマは、孤独な旅の哀しみなのだが、単に『旅をしぞ思ふ』とだけ歌っており、『恋しい』とか『哀しい』などの心情語は、一切使っていない。だから、たっぷりした余情が生まれた。読者は、この時の業平の思いがどのようなものであったか、じっくりと思いやるべきである」と言っている。

「幽玄」という言葉も、たびたび使っている。読者が、作品に込められた登場人物の心を深く思いやる心。それが、「幽玄」なのだ。このような鑑賞方法は、宗祇から古今伝授を受けた三条西実隆によって、確立されてゆく。

和の精神の大切さ

さらには、『伊勢物語』第六十五段。天皇の寵愛を受ける女性が、臣下の男性（業平）と三角関係に陥った、という不倫愛がテーマである。二人の男の板挟みになって苦しむ女は、苦しい心境を歌に詠む。

海人《あま》の刈る藻《も》に住む虫のわれからと音《ね》をこそ泣かめ世をば恨みじ

漁師が採り集める海藻には、「われから（漢字で書けば「割殻」、小さなエビのような形をしている）」という虫が住んでいる。その虫の名前ではないが、自分の三角関係の苦しみもすべて「われから＝自分の責任」であるので、自分の未熟さを反省して泣くことはあっても、絶対に世の中を恨むことはすまい……。

この歌について、宗祇はどう言っているか。

「この『自分のせいだ』という箇所が、和歌の道の本質を教えている。どんなに対人関係がよくなくても、またどんなに世の中が自分に対して冷たく感じられても、決して他人や世の中を恨まないというのが、『和』の精神の最も極まった姿である。『和』の精神こそが、治国と修身のための最良の仲立ちとなる。この歌を、人々はじっくりと味読すべきである。歌道の本質が、ここにある」

宗祇は、「和」の大切さを説く一条兼良に学んだことがある。そのうえで、東常縁から古今伝授を受け、和歌の道の第一人者となった。応仁の乱以後、乱れに乱れた時代のさなかで、なぜ和歌などに命を賭けるのか。宗祇の答えは、こうだ。

和歌は、決して悠長な遊び事ではない。どんなに乱れた人間関係であっても、またどんなに腐敗した世の中であっても、大切なのは、私たち一人一人の心の持ち方である。一人一人が「和歌の精神」をわがものとし、「和」の理念を大切にすれば、きっと自分の周りには信頼関係に基づいた美しい人間関係が発生する。それが少しずつ広がってゆけば、正しく治まった世の中が、きっと出現する。古典を学ぶことは、理想の社会建設の第一歩であり、誰にでもできることなのだ……。

そして、読者が作中人物の心を思いやる読書姿勢もまた、「和」だと考えた。時代を超えて、古典と現代の間に美しい橋が架かるからである。読書が「仲立ち＝媒介」となって、人間関係のネットワークが大きく広がってゆく。

これは、一条兼良の「和」の賛美に学びつつも、一歩足を踏み出している。しかも宗祇は、『伊勢物語』の「ユーモラス」な箇所にも注目した。笑いこそが、人と人とをつなぎ合わせる。このユーモラスな文学精神への注目は、宗祇からおよそ百年後の細川幽斎《ゆうさい》によって集大成され、松尾芭蕉につながってゆく。

宗祇と芭蕉は、つながっている。ちなみに、芭蕉の俳諧の師は、北村季吟である。第八章で紹介する。その季吟が芭蕉に伝授した俳諧（＝誹諧）の秘伝書が、『誹諧埋木《はいかいうもれぎ》』である。その本は、「誹諧とは何か」に関する宗祇の説から説き始められている。芭蕉にとって、宗祇は文字通り、わが道の大先輩だったのだ。

源氏物語は、下剋上の乱世を先取りしていた

「和」の精神は、孤独な人間の周囲に、美しい人間関係を拡大してゆく。個人が最初に築き上げる人間関係は、愛である。すなわち、「男と女」が恋人となり、やがて夫婦となって家庭を営む。それが、親子関係にも発展するし、主従関係や友人関係へと発展してゆく。

ここに、『伊勢物語』や源氏物語が、「男と女」の恋愛ばかりを描き続けた根本理由

がある、と宗祇は考えた。源氏物語は、決して男と女の軽薄で淫靡な恋愛を描いた作品ではない。崇高な人間関係の構築を願った道徳の書である。そう信じた宗祇は、源氏物語五十四帖の中から、「理想の妻とは何か」を男たちが論じ明かした「帚木《ははきぎ》」巻の「雨夜の品定め」に注目した。そして、『雨夜談抄《あまよだんしょう》』という書を残した。一条兼良もそうだったが、この時代の一流の文化人はよほど「帚木」巻が身に沁みたようだ。

「雨夜の品定め」では、女性が「上《かみ》・中《なか》・下《しも》」の三つの「品《しな》」に分類されている。前章でも述べたが、これは心の持ち方の「上・中・下」であると同時に、身分や家柄の「上・中・下」でもある。

ところが、もともと「上の品」の高い身分に生まれついても、転落して「中の品」になる場合もあるし、逆に「中の品」に生まれながら成り上って「上の品」になる場合もある。紫式部がこのように書いたのは、貴族社会の全盛時代である。でも、この文章を読んだ宗祇は、紫式部が栄枯盛衰の激しい「下剋上の乱世」を予言していたように感じられ、驚いたことだろう。

宗祇は、『雨夜談抄』の冒頭で、次のように源氏物語の全体像を把握している。

「五十四帖のうち、最初の『桐壺』巻は物語の導入部であるが、主人公の紹介に留まる。

実質的な巻頭は『帚木』巻である。巻のタイトルとなった帚木は、遠くからは見えるが近づいてみると見えなくなってしまうという、不思議な木である。源氏物語は、四辻善成が指摘したように、歴史上実在した醍醐天皇を桐壺帝になぞらえ、これまた実在した源高明を光源氏になぞらえて書かれた真実の物語である。だが、よく読んでみると明らかに虚構の作り話である。大きく把握すれば真実、微細に分析すれば虚構、それが源氏物語であり、『帚木』という巻名はそれを象徴しているので、実質的に源氏物語がスタートする巻だと言えるのだ。

では、『帚木』と対応する源氏物語の結びの巻は、何か。むろん、『夢浮橋《ゆめのうきはし》』巻である。この物語には、『上・中・下』の人々のさまざまの人生が、すべて『夢』の中の戯れでしかないことがテーマとなっている。だから、『帚木』という巻名が源氏物語全体の構造をカバーしているように、『夢浮橋』という巻名もこの物語全体の主題をカバーしているのだ」

これは、一条兼良が「四門」という仏教哲学を通して把握した全体像を受け継ぎ、さらに進めたものである。宗祇が、源氏物語に書かれている「上・中・下」のそれぞれの身分の人々が繰り返した転落と上昇の浮沈は、夢の中の戯れだと喝破した時、彼の目には応仁の乱以来ひっきりなしに起きた「下剋上」の乱世が、ありありと瞼に浮かんでいただろう。一条兼良の「非有非空門」という考え方も、脳裏をよぎったことだろう。

源氏物語は、戦国乱世の時代を先取りしている。だから、この物語を深く読めば、乱れきった現世に流されずに生きる糧が得られるに違いない。

宗祇は、源氏物語をどう読んだか

「帚木」巻の「雨夜の品定め」の中に、次のような文章がある。

必ずしも我が思ふには【男が希望していたこととは】適《かな》はねど、見そめつる契り【夫婦となるに至った運命】ばかりを捨てがたく思ひとまる人【男・夫】は、ものまめやかなりと【誠実であると】見え【世間から見られる】、さて、保たるる女【捨てられない妻】のためにも、心憎く【さぞかし良い女なのだろうと】推し量らるるなり。

この世には、理想の男はいないし、理想の女もいない。だから、相手に自分の理想を求めても、絶望するだけである。自分の希望通りでない妻であっても、彼女と結婚した因縁を大切にして、長く一緒に暮らす夫は、世間からも真面目な人だと一目《いちもく》置かれるし、妻の方も、夫とあれだけ長続きしているからにはきっと長所がたくさんあるのだろうと、世間の人は良く想像するものだ、というのだ。

この文章に、宗祇はいたく感動した。そして、「この文章は、男女関係を長続きさせる秘訣であるばかりでなく、君臣の主従関係や、友人との朋友関係を良好に保ってゆくために大切なことである」と、解説している。

宗祇は、源氏物語の「男と女の関係」を通して、自分が現実社会を生きるために必要な「主従関係」と「友人関係」を模索していた。三条西実隆たちとの交遊も、源氏物語から得られた教訓によって、維持されたのだろう。

最初に述べたけれども、宗祇は貴族の生まれではなかった。それでいて、和歌と古典学の第一人者となったことで、皇族や大貴族たちと親密に交際した。でも、身分が違うので、さぞかし嫌な思いをする機会も少なくなかっただろう。

「帚木」巻の「雨夜の品定め」には、そういう男の嘆きを書いた箇所がある。その箇所に、宗祇はまた過敏なまでに反応し、詳細な解説文を書き綴っている。宗祇の思いを伝えるために、少し意訳する。

「男というものは朝、家を出てから仕事（当時の貴族は公務員なので、大内裏《だいだいり》の役所に出かける）に出かけ、夕方に帰宅するまでの間、職場の公的な場面でも、あるいはプライベートな場面でも、面白くない目や悲しい目に遭《あ》ったら、このことを家で妻に話して聞かせれば、心が晴れるのになあ、と思うものだ。

たとえば、上司の理不尽な仕打ちに対する恨みつらみを感じたり、同僚などに比べると自分が劣っていると思いこんで、落ち込むこともある。それが、仕事を持った男の習いというものだ。

でも、妻と話し合おうと思って帰宅してみても、出迎えてくれるのが、化粧っけも全くなく、愛想もない妻だったりすると、こういう女に話しても絶対わかってくれないだろうという気になり、ついつい黙りこんでしまう。けれども、今日のつらかった思い出が何度も思い出されてしまうので、ついつい、あの野郎め、などと口走っては、はっと我に返って苦笑いしてしまうことがある。また、あ〜あ、俺ももうちょっとはがんばれたのになあ、どうしてみんな俺のことを認めてくれないんだろう、などと愚痴の一つも言いたくなるものなのだ。

妻は、帰宅した夫がそこまで落ち込んでいる時には、夫にはよっぽど我慢できないことが、職場であったのだろうと考えて、慰めの言葉をかけねばならない。でも、そういう気配りも思いやりもない妻が、今あなたがおっしゃったのは誰のことですか、などと咎めるような口ぶりで返事したのでは、夫としても、なんで俺はこんな女と結婚したのだろうか、と自分の人生をほとほと情けなく思うに違いないのである」

宗祇は、文化人という点では対等な立場で、あるいは宗祇の方が指導的な立場で高貴な人たちと接していても、言葉の端々《はしばし》で自分が見下されていると感じ、嫌な思いをしたことが、何度もあったのだろう。だから、自分の悩みを聞いてくれ、わがことのように苦しんでくれる知己を欲していた。源氏物語の場合は、それが「理想の夫婦」だというわけである。

でも、これは夫婦だけの問題ではない。宗祇は、「心の友」を求めている。さらには、理想の主君を求めている。

理想の政治家の渇望

「帚木」巻の「雨夜の品定め」は、光源氏と頭中将《とうのちゅうじょう》の二人の貴公子だけでなく、左《ひだりの》馬頭《うまのかみ》と藤式部丞《とうしきぶのじょう》が人生の先輩として参加している。

特に長広舌《ちょうこうぜつ》を振るった左馬頭は、別に女の話をしたかったわけではないのだ、と宗祇は解説している。

「光源氏や頭中将は、いずれ政界の頂点に立ち、国家の政《まつりごと》に携わるべき前途有為の若者である。左馬頭は、女性を見る目という、若者にとって興味深い話をしながら、本当のところは世の中の人間全般を見る目の大切さを説き聞かせているのだ」

光源氏が中央政界を牛耳る時が、きっと来る。その時には、賢人を発掘し、俗人をしりぞけ、能吏を適材適所に配置する必要がある。そうせねば、世の中は混乱するばかりで、平和な時代は到来しない。

宗祇は、応仁の乱の混迷が深まるばかりの乱世を生きた。残念ながら、光源氏も、頭中将も、自分の生きている時代にはいなかった。だが、いつか、きっと平和をもたらしてくれる理想の政治家が、出現するだろう。

そう信じて、源氏物語や『伊勢物語』の研究に励んだ。なぜなら、そこには理想の政治家の条件が書かれているからである。「和」の精神を体現した政治家に導かれ、その下で働く国民も自分の居場所を与えられた喜びにあふれ、家庭でも楽しい夫婦関係や親子関係が営める。

このような祈りを持ち続け、次の世代に手渡す儀式が、「和」の精神のエッセンスである「和歌」の生命力の伝授、すなわち「古今伝授」である。宗祇は東常縁から、「古今伝授」を受けた。以前にも述べたように、現代人は古今伝授を、時として「どうでもよい奇妙な説を、秘説として珍重する形式主義」などと誤解しがちだが、決して空虚でも、些末でも、神秘的でもない。庶民が幸せに暮らせる日々を呼び込むために、為政者に必要な心がけ。それを、『古今和歌集』『伊勢物語』、そして源氏物語などの古典から学ぼうとするのだ。

宗祇が、古今伝授の系譜の中で重要な位置を占めるのは、彼ほど平和を渇望した文学者がいなかったからである。これからもまだ、一六一五年の大坂夏の陣まで、長い戦乱の日々が続く。その間も、絶えることなく、平和を待望する古今伝授の儀式が続けられていた。

関ヶ原の戦いで重要な役割を担った細川幽斎も、古今伝授を受けた一人である。幽斎の孫弟子が、北村季吟。その弟子が、松尾芭蕉である（ただし、芭蕉は季吟から俳諧伝授を受けたのみで、古今伝授は受けていない）。芭蕉があれほど宗祇を敬慕したのは、宗祇が人間という存在の小ささを痛感しながらも、平和という巨大な祈りを持ちつつ全国を旅したことに共鳴したからだと思われる。

そして、宗祇の源氏物語への熱き思いは、太平洋戦争が終わって平和な時代が訪れた直後の、源氏研究の高まりとも通じている。一九四五年の終戦後に、一挙に高まった源氏物語ブームは、待望久しかった平和の到来を喜び、この物語の研究を通して、「今を生きる喜び」を体感したいという人々によってもたらされた。

一言で言えば、倫理的・道徳的・求道《ぐどう》的だった。宗祇の祈りは、地球上のあちこちで戦乱の絶えない二十一世紀の源氏研究者にも、しっかりと受け継がれている。

第六章

三条西実隆——鑑賞の鋭さと深さで人間の心を見抜く

土佐光信「三条西実隆像紙形」
(東京大学史料編纂所蔵)

一四五五〜一五三七。歌人・古典学者。三条西（西三条とも言う）は、藤原北家の一門で、大臣になる家柄。実隆は内大臣に昇った。『実隆公記《さねたかこうき》』という膨大な日記を書き残した。当時の社会情勢や風俗を知る貴重な資料である。

宗祇と親しく交わり、宗祇から古今伝授を受けた。『古今和歌集』『伊勢物語』『万葉集』の研究も行ったが、何と言っても源氏物語の大部の注釈書を完成させた業績は大きい。『弄花抄《ろうかしょう》』と、それをさらに発展させた『細流抄《さいりゅうしょう》』である。

実隆の源氏学は、これまた源氏物語の注釈書である『明星抄《みょうじょうしょう》』を著した三条西公条《きんえだ》（実隆の次男）、『山下水《やましたみず》』をまとめた三条西実枝《さねき》（実澄《さねずみ》とも。公条の長男）へと代々受け継がれ、細川幽斎へと手渡された。三代続けて源氏物語の第一人者が輩出したのは、奇跡に近い。

三条西家は、源氏研究の権威の家柄としての名声に包まれていたが、「御家流《おいえりゅう》」という香道の家元でもあった。

家集（個人歌集）には、『再昌草《さいしょうそう》』と『雪玉集《せつぎょくしゅう》』とがある。歌人としても、江戸文化に影響を与えた。

藤原定家の再来

二〇〇七年から二〇〇八年にかけて、出光美術館などで開催された「乾山の芸術と光琳」は、大変に見ごたえのある美術展だった。尾形光琳《おがたこうりん》と乾山《けんざん》の兄弟が代表する「琳派《りんぱ》」とは、江戸時代に王朝文学を蘇らせた「日本のルネッサンス」である。源氏物語や『伊勢物語』にDNAを持つアート作品が、江戸の人々の生活の隅々まで浸透した。

会場では、乾山の絵画や焼物の秀作が所せましと並んでいた。中でも、一月から十二月までの景物を乾山が描き、藤原定家の十二首の和歌を書き添えたものなど、「文学と美術との響映」がすばらしかった。「詠《よ》みも詠んだり、描《か》きも描いたり」である。

ふと見ると、人だかりのしている乾山の肉筆画がある。色とりどりの秋の草花を入れた三つの竹籠を描いた『花籠図』である。重要文化財。

画面には白い胡粉《ごふん》が点々と散らされていて、草花に置いた露のきらめきを表している。この図には、賛として和歌が書き込まれている。「誰の和歌が書かれているのだろう、やはり藤原定家かな」と思って、一字ずつ崩し字を読んでみると、違った。

花といへば千《ち》種《ぐさ》ながらにあだならぬ色香にうつる野辺の露かな

花の色はすぐに移ろって散ってしまうから、和歌の世界では「あだなる（はかない、移り気である）」ものの典型とされる。だが、この作者は「あだならぬ」と歌っている。「秋の草花は、どの花も自分の色彩を持ち、絢爛と咲き誇っている。その花の色香は、決して一瞬に移ろってしまうような、はかないものではない。ほら、それぞれの野辺の草花に置いた、透明な露を見てごらん。白い花に置いた露は白い色に、赤い花に置いた露は赤い色に、黄色い花に置いた露は黄色に、美しく染まっている。露こそ『あだなる』ものであって、花は自分の本質を変えない、実《じつ》のあるものだったのだなあ」

解説によれば、この和歌の作者は、三条西実隆《さんじょうにしさねたか》だという。帰宅してから調べてみると、確かに彼の家集『雪玉集《せつぎょくしゅう》』に、「秋露草花香」という題で入っていた。ここで、私は自分の鑑賞力の未熟さに恥じ入ってしまった。「秋の露は、草花の香りがする」と題にあるし、和歌にも「色香」とある。私は会場で、この絵の「色」にばかり目を奪われたが、豊麗な秋の香気も感じ取るべきだったのだ。

三条西実隆の和歌と、尾形乾山の絵は、拮抗している。そう言えば、会場には実隆の和歌を用いた乾山の作品が、他にもいくつか展示してあった。乾山にとって、室町時代の三条西実隆は、鎌倉時代の藤原定家と並び称される「歌聖」だったのである。

源氏物語の権威となる

実隆と定家の共通点。それは、どちらもすぐれた歌人であるだけでなく、源氏物語の第一人者でもあったことだ。定家は源氏物語の本文を校訂し、物語に題材を得た秀歌を詠んだ。実隆もまた、研究と創作のどちらでも大きな業績を残している。

鎌倉時代以降の公家は、家柄によって最高位が決められていた。最も格式の高いのが「摂家《せっけ》（摂関家）」で、摂政・関白となる。一条兼良の一条家は、これである。その次が、太政大臣になれる「清華家《せいがけ》」。

その次が、大臣になれる「大臣家」。実隆の生まれた三条西家は、この大臣家の一つである。その下に、大納言にまでなれる「羽林家《うりんけ》」。四辻善成は左大臣まで昇ったが、四辻家自体は羽林家である。藤原定家の子孫である冷泉家も、この羽林家。

さらに「名家《めいか》」、「半家《はんけ》」と、公家社会の秩序は固定している。『徒然草』の作者である兼好の生まれた卜部《うらべ》家は、この一番下の「半家」である。

三条西実隆は、内大臣（内府）まで昇った。逍遥院《しょうよういん》と号したので、「逍遥院内府」と呼ばれる。出家したので、「逍遥院禅府」という言い方もある。若くして学問に志し、一条兼良や宗祇たちから積極的に講義を受けた。源氏物語などの古典文学は、一人きり、一世代きりの研究をばらばらに繰り返したのでは、なかなか頂上まではたどり着けない。どうしても学問の蓄積が必要であるが、「伝統の継承」ほど、身分秩序を重視する公家社会にふさわしいものはなかった。

その中に、宗祇のような、貴族以外の文化人が入って来られたのは、例外である。よほど宗祇には学識があり、人間的な魅力にもあふれていたのだろう。だがそれだけでなく、日本では源氏物語に関わった文化人の評価が高かったこともある。この作品は、別格なのだ。だから、宗祇のような庶民でも、源氏物語の第一人者であることから、皇族や最高貴族とも対等の交際が可能だった。

ならば、大臣家のような格式の高い公家に生まれた者は、「源氏物語の権威」という文化的プレミアムを利用すれば、「大臣家の別格」にまで昇りうる。三条西実隆は、宗祇から「古今伝授」を受けた。この「古今伝授」こそ、プレミアムにほかならない。「古今伝授」は、『古今和歌集』だけでなく、源氏物語や『伊勢物語』などを含めた総合的な「王朝古典文学」の伝授だったからである。

三条西実隆は、息子の公条《きんえだ》、孫の実枝《さねき》へと、一家の中で古今伝授を繰り返した。和歌と蹴鞠の飛鳥井《あすかい》家、和歌の冷泉家などと同じように、源氏学に特化した三条西家が、ここに成立した。このプレミアムを活用して、「香道」の家元にもなった。「御家流《おいえりゅう》」と呼ばれる。「源氏香《げんじこう》」という五十二種類の不可思議なデザインは、一度見たら忘れられない。

歌人としての感受性

では、三条西家の総帥である実隆は、どのように源氏物語と関わったのだろうか。先ほど名前を出した彼の家集『雪玉集』は、江戸時代になって他人が編集したものである。実隆本人が編集した家集は、『再昌草《さいしょうそう》』である。

この『再昌草』に、牡丹花肖柏へのレクイエムが載っている。牡丹花肖柏は、公家である中院《なかのいん》家に生まれたが、連歌師となり、宗祇に師事した。一条兼良の講義も聞いた。宗祇から「古今伝授」を受けており、言わば実隆とは兄弟弟子に当たる。肖柏は、「夢《む》庵《あん》」とか「弄花老人」とも称した風流人である。『三愛記』では、酒と花と香の三つを愛した、と告白している。摂津の国の池田に別荘を建てて暮らしていた。

この肖柏が宗祇から受け継いだ源氏物語の学説を実隆が継承し、さらに発展させたのが『弄花抄《ろうかしょう》』という注釈書である。だから、牡丹花肖柏は実隆にとって、源氏学の先輩だった。実隆が肖柏を悼んだレクイエムは、当然に源氏物語にちなむ和歌となる。

押し返し思へやあだの花鳥《はなとり》に染めし心は法《のり》ぞはるけき

一条兼良にも、『花鳥余情《かちょうよせい》』という源氏の名注釈書があった。源氏物語は、「花鳥の使」であり、男と女の仲を取り持つ軟らかい内容である。でも、源氏物語に魅入られて研究に励んだ牡丹花肖柏の人生を、出家した者に不釣り合いなこととは絶対に思わない。この物語の真実は、人間世界の最高の悟りにも直結している。今頃、肖柏は極楽に迎えられて、永遠の幸福を満喫していることだろう。

ところで、源氏物語の「御法《みのり》」巻に、光源氏の最愛の女性だった紫の上が亡くなる場面がある。そこに、

薪《たきぎ》こる思ひは今日をはじめにてこの世に願ふ法《のり》ぞはるけき

という和歌がある。この和歌を本歌取りしながら、実隆は源氏物語に魅せられた一生を過ごした肖柏の人生を称えているのだ。

『弄花抄』をまとめた後の三条西実隆は、牡丹花肖柏が伝えた宗祇の説を理解しただけでは満足できず、自分自身の独自の見解を盛り込みたくなった。そこで書かれたのが、三条西家の源氏学の基盤となった『細流抄《さいりゅうしょう》』である。

和歌への深い理解

それでは、三条西実隆の『細流抄』とは、どういう特色があるのだろうか。先ほど巻名を出した「御法」巻は、四十三歳で逝去する紫の上の末期《まつご》の目に映った世界を描写している。子どもを生まなかった紫の上は、明石中宮を養女としている。その子が、匂宮《におうみや》(五歳)。だから、匂宮は紫の上の「孫」に当たる。この可愛い孫に、紫の上は、語りかける。

「大人《おとな》になり給ひなば、ここ（＝二条院）に住み給ひて、この対《たい》の前なる紅梅と桜とは、花の折々に、心留《とど》めて翫《もてあそ》び給へ。さるべからん折は、仏にも奉り給へ」

このお屋敷は、あなたに譲りますよ。庭の紅梅と桜とを、私の形見だと思ってくださいね、という遺言である。三条西実隆の『細流抄』は、すばらしい理解を示している。

紫の上、「わが身に」とは宣《のたま》はぬ心、妙【すばらしい】なり。西行が、「仏には桜の花を奉れわが後の世を人とぶらはば【冥福を祈るのであれば】」【千載和歌集】と詠《よ》めるも、この心なるべし。

「紫の上が、紅梅と桜の花が綺麗に咲いたら、仏様に差し上げてくださいね、と匂宮に頼んだのは、本当は、私の霊前に供えてくださいと言い残したかったのである。それを、仏様に差し上げてねと言った紫の上の心は奥ゆかしく、すばらしい。西行法師が、『仏には桜の花を奉れわが後の世を人とぶらはば』という和歌を詠んだのは、この紫の上の言葉の本歌取りに違いない。西行は、源氏物語のこの場面を読んで、心から感動したのだ」

源氏物語を読んだ感動が、新しい芸術の創造につながる。三条西実隆本人が、「御法」巻の紫の上の言葉に心を動かされた読書体験があったからこそ、西行の源氏体験を見抜けたのだ。

同じように、実隆は藤原定家や、その父・藤原俊成の和歌が、源氏物語のどの文章に影響を受けたのかを、繊細に解説している。これらのコメントは、源氏物語の本文を理解するためには、必ずしも重要ではないかもしれない。だが、源氏物語という作品が持っている不滅の生命力を明らかにしてくれる。

実隆の歌人としての感受性と、源氏研究者としての学識とが融合した見事な鑑賞文である。そう、「鑑賞文」。三条西実隆が踏み込み、新しく開拓した源氏学の領域は、「卓越した鑑賞」だったのである。

鑑賞という能動的読書姿勢

二〇〇八年に千年紀を迎えたことで、さまざまの展示や講演会が催され、源氏物語は改めて現代人に身近なものとして意識されている。まことに喜ばしい。だが、浮かれてばかりもいられない。この物語の尽きせぬ魅力を、一般読書人に手渡すための努力が、もっとなされねばならないのではないか。それには、実隆の努力が一つの参考になる。

実隆の源氏研究のオリジナリティーは、「鑑賞」の鋭さと深さにあった。彼以前に源氏研究は蓄積されていたので、この物語で用いられている語句の意味、引用された和歌の出典、作中人物や地名のモデル、文脈の把握、思想については、かなりのところまで突き詰められていた。実隆は、それらの蓄積を踏まえ、大きな一歩を踏み出した。源氏物語の文章には、作中人物と作者のどのような思いが込められているのかを、じっくり鑑賞したのだ。

この時、源氏物語は古典であることを止め、読者と寄り添う生きた現代文学へと面目を一新した。

実隆のアプローチは、どこまでも正攻法である。芸術作品の生命に到達するためには、研ぎ澄まされた鑑賞力が必要とされる。光源氏や紫の上が抱いた巨大な悲哀感を、読者が自分の心に引き受けねば、源氏物語を読んだことにならない。

荒筋をたどることに気を取られず、作品の進行を停止させて立ち止まる。登場人物の時間と心理を共有する。それに成功した読者は、登場人物の叫びや、作者のメッセージを明瞭に聞き取れるようになる。

例えば、「桐壺」巻。最愛の桐壺更衣を失った桐壺帝は、更衣の母親に弔問の使者を派遣する。「靫負《ゆげい》の命婦《みょうぶ》」という女性である。命婦は、「夕月夜のをかしき【美しい】ほど」に宮中を出発して、更衣の母親と長い時間、しんみりと語り合う。そして、再び宮中へと戻ってゆく。その場面の原文。

　月は入り方【沈みかけ】の空清う澄みわたれるに、風いと涼しくなりて、草むらの虫の声々、【涙を】催し顔なるも、いと立ち離れにくき草のもとなり。

実隆の『細流抄』の鑑賞は、こうだ。「これ以前の文章に、夕月夜の美しい頃に宮中を出発したと書いてある箇所と、対応させて読むべきだ。次第に夜が更けてきたことがわかる。この夜のしんみりとした雰囲気が、たっぷりとした余情で描かれている」

二人が会話しているうちに、長い時間が経過したこと、そしてどんなに語り合っても更衣の死去の悲しみが尽きぬことが、読者にはわかる。そうすると、読者はここで一旦、読書を中止して、しばし瞑目してしまう。そうして初めて、娘に先立たれた老母の心境、愛する妻を失って茫然としている桐壺帝を見るに見かねている命婦の困惑などが、自分自身の感情として読者は意識できる。

だから、この文章には直接に描かれていない「死んだ本人」である桐壺更衣の心や、「妻を失った夫」である桐壺帝の心までが、読者の心に迫ってくるのだ。月の光や虫の声は、まことに悲しみの通奏低音としてふさわしい。

実隆は、源氏物語の本文の意味だけでなく、行間に込められた「人間の心」を繊細に読み取った。そういう読み方が、読者の人間観や人生観を変える力を持つのだ。

実隆の生きた時代は、戦国乱世の真っ最中である。だからこそ、源氏物語を深く、繊細に読みこむ実例を示すことで、同じような姿勢で読書する人々が相次ぐことを期待したのだ。美しい読み方をする人が増えれば、きっと醜い争いは止むだろう。

妻を描いたデッサン

二〇〇一年から二〇〇二年にかけて、上野の東京国立博物館で、東京大学史料編纂所史料集発刊一〇〇周年を記念して、「時を超えて語るもの」という展示があった。

会場には、三条西実隆の手紙や、彼が製作に関わった絵巻物、そして、本章の扉にも掲げた実隆を描いた土佐光信《みつのぶ》の肖像画などが目白押しだった。牡丹花肖柏の肖像画もあった。

実隆が死ぬ前年まで書き綴った日記『実隆公記《さねたかこうき》』の実物も見た。私が驚いたのは、日記の中に裸婦の落書きが交じっていたことである。裸の女性の立像であり、乳房や陰毛までがはっきり描かれている。カタログの解説によれば、妻をモデルとしたのではないか、その妻は妊娠中だったので、妊婦の絵なのかも知れない、とのことだった。

私はそれまで、三条西実隆を几帳面で学者肌の人だと思っていたので、びっくりした。でも、このくらい大らかなところがあるからこそ、精妙な人間の喜怒哀楽を鑑賞することができたのかもしれない。

あるいは、謹厳実直な研究の反動が、これらの落書き（数は少ないらしいが）に出たのだろうか。太平洋戦争後に源氏研究をリードし、禁欲的な本文校訂にいそしんだ池田亀鑑《きかん》が、ペンネームを使ってロマンチックな「少年少女小説」を書いていたことと、似ているかもしれない。

ともあれ、実隆の心の真実をかいま見せてくれる裸婦像だった。

古今伝授の権威を高める

三条西実隆は、子の公条（称名院《しょうみょういん》）に「古今伝授」を授け、公条も子の実枝（三光院）に「古今伝授」を授けた。公条には、『明星抄《みょうじょうしょう》』という大部の源氏注釈書がある。実枝にも、『山下水《やましたみず》』という源氏の注釈書がある。この『山下水』で実枝は、祖父の実隆の繊細な鑑賞文にも匹敵するすばらしい鑑賞文を、随所に書き記している。

源氏物語の荒筋を知るためには不要だが、登場人物の心の微妙な動き、作者自身の執筆時点での創作心理などまでが、卓越した「鑑賞」によって洞察されている。実枝の解釈は、次の章で紹介する中院通勝《なかのいんみちかつ》の『岷江入楚《みんごうにっそ》』の中に、「箋《せん》」という書名で取り込まれ、精彩を放っている。

この卓越した「箋」の説を、どうやら江戸時代の天才学者・本居宣長《もとおりのりなが》は知らなかったようだ。宣長の子孫は代々国学を継承したが、宣長本人は「ぽっと出《で》」の田舎者である。自分の学力だけを頼りに、巨大な学問体系を作りあげた。対する三条西実枝は、祖父の実隆から数えて三代目。学問の蓄積を体現した人物である。

宣長が宮本武蔵なら、実枝はさしずめ名門の吉岡清十郎か。ただし、この勝負は、好取組である。宣長は実枝を知らないので、『玉《たま》の小櫛《おぐし》』の中で、「これまでの学者の解釈は、全部間違っている。自分だけが正しい解釈に到達できた。それは、こうである」と高らかに宣言する。けれども現代から見ると、宣長が自分だけの正解と思いこんだ中には、とっくの昔に「箋」が指摘していることが、ままある。三条西家の学問、畏るべし。

実枝の段階で、三条西家の源氏学は成熟し、鑑賞力の頂点に立った。そして、「源氏物語の家元」として、多くの人から仰ぎ見られる権威となった。この時、「古今伝授」が真実、権威あるものとなったのである。宗祇以来、「平和」と「美しい人間関係」を求めてきた源氏研究の目的が、『古今和歌集』の学説の伝授に付随して確立したのだ。その権威が、三条西家の三代の次に現れた細川幽斎に手渡されてゆく。

かくて戦国乱世も、後半に差しかかる。

第七章

細川幽斎——源氏が描く理想の政道のあり方を実践

栗原信充「肖像集」より
（国立国会図書館蔵）

一五三四〜一六一〇。武人・歌人・古典学者。本名は、藤孝。三淵晴員《みぶちはるかず》の子とも、室町幕府十二代将軍・足利義晴の子とも言われる。室町幕府が衰えた後は、織田信長に仕える。その後、豊臣秀吉にも重用される。天下分け目の関ヶ原の合戦では、徳川家康の東軍に付いた。

三条西実隆の孫・実枝に古今伝授を受け、古典学の集大成を図る。関ヶ原の合戦に際し、幽斎は丹後の田辺城に籠城し、西軍の大軍に包囲された。この時、古今伝授の伝統の絶えることを恐れた後陽成天皇は勅命で休戦させ、八条宮智仁《としひと》親王（桂離宮《かつらりきゅう》の基を作った人物）に幽斎から古今伝授を受けさせた。

『伊勢物語』研究を集大成した『闕疑抄《けつぎしょう》』は、幽斎の最高傑作である。また、中院通勝《なかのいんみちかつ》を援助して、彼に源氏物語の研究を集大成した『岷江入楚《みんごうにっそ》』をまとめさせたのも、幽斎の大きな業績である。

家集に『衆妙集』、紀行文に『九州道《みち》の記』などがある。

室町将軍の落胤？

細川幽斎の父親は、誰か。事典類の多くは、戦国武将・三淵晴員《みぶちはるかず》の子とするが、足利義晴の子と明記したものもある。歴史小説の世界では、ほとんどが足利義晴の子としている。いかにも「物語的」な設定だからだろう。

義晴の次に将軍となったのは、義輝。剣豪将軍として名高い。幽斎は、この（異母弟かもしれない）義輝に仕え、足利幕府の復権を強く願った。しかし、松永久秀が義輝を謀殺したので、その夢は破れた。幽斎は新たな夢を実現させるべく、織田信長に仕えた。

幽斎の母親は、儒学者として著名な清原宣賢《きよはらのぶかた》の娘。武士の名門の血と、学者の名門の血とが融合して、幽斎の体の中を流れている。

新しい時代を呼び込むために

応仁の乱の勃発によって火蓋《ひぶた》を切った戦国時代は、織田信長の登場で、新しい様相を見せ始めた。終わりの見えない乱世から、新時代を予見させる乱世へと切り替わったのだ。この後、豊臣秀吉、さらには徳川家康と、偉大な天下人が続々と出現してくる。激動する軍事情勢と政治状況にどのように対処するか、幽斎の武人としての血が騒いだのは当然だろう。

幽斎と明智光秀は、室町幕府に同僚として仕えて以来の交際であり、幽斎の子の忠興《ただおき》の妻の玉《たま》（洗礼名、ガラシヤ）は光秀の娘である。だが、その光秀が本能寺の変を起こした時には味方せず、秀吉に付いた。天下分け目の関ヶ原の合戦では石田三成に付かず、徳川家康に付くという冷厳な（正しい）選択をした。忠興は、豊前・豊後の四十万石の大名となり、孫の忠利《ただとし》は肥後熊本藩五十四万石の領主となった。

幽斎の生きた時代は、日本文化も新しい転換期を迎えていた。だからこそ、幽斎は終わりつつある中世の古典研究の成果を、この時点でまるごと集大成しようと試みた。

政治的・軍事的に見れば、中世という時代を終わらせ、近世という新時代の開幕を宣言したのは、徳川家康だろう。その家康ですら、自分と拮抗する西軍と「天下分け目」の大勝負を切り抜けねばならなかった。

では文化的に見たら、どうだろう。細川幽斎は、まさに「文化史上の天下人」だった。彼の前には、敵はいなかった。だから粛々と、藤原定家から始まった中世の古典学の総決算を推し進めることができた。総決算とは、「集大成＝網羅」したうえで「取捨選択」する行為である。『古今和歌集』、『伊勢物語』、そして源氏物語に関して、藤原定家以来、営々と蓄積されてきた研究成果を、陳腐な説や読み誤りまで含めてかき集めること。そのうえで、最も妥当な解釈を残すこと。それが、幽斎に与えられた文化的使命だった。

おそらく、武人としての人生が幽斎になかったのならば、天はたっぷりと幽斎に時間を与え、超人的な仕事を完成させたことだろう。だが、武門の家に生まれたために、文人としての時間が、幽斎にはほんの少しばかり足りなかった。惜しまれてならない。

幽斎は、中世という時代が生み出した古典文学の解釈を、根こそぎかき集めて積み上げた。だからこそ、中世という時代の極点までたどりつき、その限界を乗り越えた。新しい時代の古典研究を準備するところまで、前進できたのだ。

理想の主従関係、美しい人間関係

幽斎が『伊勢物語』の解釈の歴史を一覧・整理した『闕疑抄《けつぎしょう》』は、二十一世紀の現在から見ても決定版と言える。私は、大学における『伊勢物語』講読は、この『闕疑抄』をテキストとすべきだと信じている。『闕疑抄』に書かれている内容のすべてが理解でき、何が解釈上の問題となっており、何が解決し何が未解決なのかという文化史的背景が理解できれば、その人には大学院の修士課程修了レベルの学力がある。そのうえで、江戸時代の国学者たちの見解と対決すれば、博士課程レベルの研究ができる。

では、『闕疑抄』の本質を端的に示している箇所を、挙げてみよう。『伊勢物語』の第四十九段。短いので、全文を示す。

昔、男、妹のいとをかしげ《【魅力的】》なりけるを見居《を》りて、
うら若みねよげ《【根・寝良げ】》に見ゆる若草を人《【他人】》の結ばむことをしぞ思ふ《【残念に】》
と聞こえけり。返し、
(妹)初草のなどめづらし《【芽・珍】》き言の葉ぞうらなく《【裏・他心なく】》ものを思ひけるかな

要するに、兄が美しい妹を見ているうちに、自分以外の男が彼女と結婚して共寝することを悔しく思った、という状況である。表面だけ読めば、兄と妹の近親相姦という、淫靡で反道徳的な内容が書かれている。

幽斎は、どう読んだか。

「世間では、兄が妹に対して好色な気持ちを抱いたと解釈しているが、それは間違いで

ある。兄は妹を不憫に思い、憐憫《れんびん》の情を抱いているのだ。兄である自分は、この妹を美しいと思うし、彼女を妻にするのだったら幸せにしたいと思っているが、世の中の男たちの心は千差万別だから、妹が必ずしも幸福な結婚をできるとは限らない。それが、兄としてかわいそうだ、と心苦しく思っているのだ。

そもそも、『伊勢物語』や源氏物語は、好色な内容を専ら描いているのではない。男と女の関係を通して、理想の政道のあり方を描いているのだ。この段でも、兄が妹を大切に育むべきだという教訓が書かれている」

兄が妹を、夫が妻を、それぞれ大切にすれば、美しい男女関係が発生する。その原理を、主従関係や友人関係、師弟関係へと次々に発展させてゆけば、必ず理想の政治状況が出現する、と幽斎は信じた。

宗祇以来、「平和と理想」を追い求めるために源氏物語や『伊勢物語』が研究された。それが「古今伝授」の基本姿勢であり、そのまま細川幽斎の信念でもあった。

暖かいユーモア精神

『闕疑抄』の中に、いかにも幽斎らしいコメントが、もう一つある。『伊勢物語』第二十三段（筒井筒）に対するコメントである。

男が幼馴染《おさななじ》みの女性との純愛を貫き、結婚にこぎつける。そのうち、女の家が没落したので、男は裕福な女に乗り替える。だが、じっと耐えて男を新しい女の家に送り出す元の女のけなげさに感動して、彼は元の女とヨリを戻した。男がたまに、新しい女の家を覗いてみると、女は自ら手にシャモジを持ってご飯の盛りつけをしていた。男は興が冷めて、いよいよ足が遠のいた。

これが、第二十三段の内容である。最後のシャモジの場面に関して、幽斎は「この部分は、物語の誹諧《はいかい》である」とコメントしている。

誹諧歌《はいかいか》は、滑稽な和歌という意味であり、『古今和歌集』にもたくさん載っている。「古今伝授」を受けた幽斎だから、誹諧歌についても一家言があったのだ。古今伝授は、東常縁《とうのつねより》から宗祇への伝承によって始まった。その宗祇が大成した文学ジャンルが、「連歌」である。その連歌には、滑稽さを眼目とする「俳諧の連歌」があった。「誹諧」と「俳諧」は、発音も同じで意味も同じである。この「俳諧の連歌」が、江戸時代の「俳諧」となり、「発句《ほっく》」「俳句」へと発展してゆく。

誹諧は、宗祇以来の「古今伝授」の伝統の大きな柱の一つだった。理想の政道や、あるべき人間関係の希求がもう一つの柱であることは、これまで何度も述べてきた。

幽斎は、誹諧の精神を物語研究に組み入れた。そして、『伊勢物語』や源氏物語には、人間はいかに生きるべきかとか、理想の政道の探究というシリアスなテーマだけでなく、読者がほっと息抜きできるユーモラスな場面も交じっていると考えた。そして、後者を「物語の誹諧」と呼んだ。

『闕疑抄』を通して見えてくるのは、老女が年甲斐もなく若い貴公子に恋慕したり、田舎娘が都から下ってきた貴公子と釣り合わない恋愛をしたりする場面を、「物語の誹諧」と認定している視点の暖かさである。

ここから、幽斎の源氏物語観が見えてくる。源典侍《げんのないしのすけ》という老女と光源氏の滑稽な情事、末摘花《すえつむはな》という個性的すぎるキャラクターと光源氏とのすれ違い。それらは、「源氏物語の誹諧」なのだ。こういうユーモラスな箇所は、大いに読者の笑いを誘う。物語には、緩急が必要だ。光源氏と藤壺の道ならぬ恋、相思相愛でありながらどこかしっくりいかない光源氏と紫の上の夫婦生活の悩み。それらが深刻な悲劇として読者の涙をそそるためには、対照的な「物語の誹諧」が一役買わねばならない。

幽斎は、源氏物語における誹諧的場面の存在理由を理論的に解明した。彼は、日本文学における「ユーモア」の必然性に気づいていたのである。戦国乱世の苦しい時代を生き延びるための知恵だったのかもしれない。幽斎が大武人（大政治家）にしてユーモア精神を体現していたことは、チャーチルや吉田茂とも共通している。

幽斎の二面性

細川幽斎は、大変にエピソードの多い人物である。つまり、大物である。幽斎は機知や頓知に富んでいた。吉田茂の長男で文学者の道を選んだ吉田健一は、幽斎の登場する笑い話を愛した。

『曾呂里狂歌咄《そろりきょうかばなし》』と『続近世畸人伝《ぞくきんせいきじんでん》』を総合して、その一つを紹介しよう。太閤秀吉は、下手の横好きで発句を好んだ。ある時、秀吉が、

奥山に紅葉《もみぢ》踏み分け鳴く蛍

と詠んだ。『百人一首』で有名な「奥山に紅葉踏み分け鳴く鹿の声聞く時ぞ秋は悲しき」という歌の本歌取りというか、盗作というか、意味不明の変な句である。

はたして、里村紹巴《さとむらじょうは》という連歌師が、「蛍は鳴きません」と指摘した。秀吉は機嫌が悪くなり、「天下を取った自分が鳴かせようと思えば、蛍にも鳴かせられないこともあるまい」と言い逃れする。「鳴かぬなら鳴かしてみせうほととぎす」の心境である。

この時、幽斎が助け船を出した。「思い出しました。次のような、古歌がありました。武蔵野の篠《しの》をつかねて降る雨に蛍よりほか鳴く虫もなし。ですから、秀吉公の句は、それでよいのです」。とたんに、秀吉は上機嫌。皆は、幽斎の博学多識に感じ入った。

その後日譚《ごじつたん》がある。しつこい性格の紹巴が納得せず、幽斎に「武蔵野の……」という古歌の出典は何かと問いただした。幽斎は、あっけらかんとして、自分がその場で咄嗟にでっちあげた和歌だと言ってのける。天下人がせっかく文学に興味を持って発句を作ったのだから、未熟なところを非難して嫌いにさせるよりは、誉めて育てた方がよいのだ、というのだ。

幽斎が融通無碍《ゆうずうむげ》というか、囚われない広い心の持ち主だったことがわかる。現在、細川家の文化財を管理している永青文庫には、膨大な茶道具の名品がある。森鷗外の『興津弥五右衛門《おきつやごえもん》の遺書』には、細川家に「お道具」を見に行った蒲生氏郷《がもううじさと》が、武具の名品を見せられて不審に思っていると、「ただ道具と聞いたので、細川家の表芸である武家の名品をお見せした。お茶が好きなら、こちらを御覧なされ」と言われて、数々の茶道具の逸品を目の当たりにして驚嘆したという話がある。

茶人や歌人の世界は裏であり、表側はやはり武人の世界だったのだ。幽斎は、武人として、生き残りの懸かった厳しい選択を何度も迫られた。以前にも述べたが、親しい明智光秀が信長を弑《しい》した時には、決然と袂を分かった。その光秀の娘で、幽斎の息子・忠興の妻だったガラシヤは、関ヶ原の合戦の直前に大坂城へ人質として入るのを拒み、自害した。幽斎がガラシヤを殺したわけではない。だが、細川一族の存亡、ひいては天下太平の世をもたらす「理想の為政者」の出現のためには、ガラシヤの死をやむを得ないと見据える冷徹さが、幽斎にはあった。

理想主義者（もしかしたらマキャベリスト）とユーモリストの二つの顔が、幽斎にはあるのだ。

源氏学の集大成

二〇〇八年四月から六月にかけて、京都文化博物館で、「源氏物語千年紀展」が開催されたのは、記憶に新しい。とても充実した展示と聞いたので、私も東京から出向いた。

すると会場に入ってすぐ、いきなり幽斎自筆の源氏物語の写本が目に飛び込んできたではないか。これが、幽斎の自筆か。なるほど、本文の行間に小さな字で注釈が書き込んであるな。学者らしい態度だ。

立ち止まってその書き込みを読んでいたら、係員から「会場は、大変に混み合っております。少しずつでよいですから、先へ進んでください」と、注意されてしまった。

だが幸いにも、幽斎が源氏物語の本文の行間に書き込んだ注釈を全部抜き出して、活字として一冊にまとめた本がある。思ったよりも簡単な内容である。だが、ここに幽斎の古典学の核心がある。それを読むと、幽斎はできることなら自分自身で、源氏学を集大成しようと願っていたことが、肌で理解できる。

だが幽斎には、自力で源氏物語の注釈書を集大成するだけの時間的余裕がなかった。それで、彼が白羽の矢を立てたのが、弟子の中院通勝（一五五六〜一六一〇）である。幽斎は、門外不出とされた三条西家の源氏物語の注釈書類も書き写し、鎌倉時代以後の源氏物語へのアプローチのすべてを網羅しようとした。

それが、『岷江入楚』である。「岷江」は中国の川で、「ミンコウ」と発音する。でも「入楚」に続くと、「ミンコウニッソ」とは発音しづらい。それで、「ミンゴウニッソ」

と濁音で読む。ただし源氏学者は、その「ミンゴウニッソ」も発音しにくいので、「ミンゴニッソ」と、言い習わしている。

この『岷江入楚』は中院通勝の著作であるが、厳密には「細川幽斎プロデュース、中院通勝著」である。いや、「細川幽斎・中院通勝の共著」だと言ってもよい。幽斎の指導と助言がなければ、一冊（全部で五十五巻もあるのだが）にまとめることができなかったからである。

『岷江入楚』の序文に、書名の由来が書かれている。岷江は、長江（揚子江）に注ぐ川だが、その水源地は「濫觴《らんしょう》」という言葉の語源にもなった通り、觴《さかずき》を濫《うか》べるくらいの細い流れである。それが、楚という国に入れば、底も見えない大河となる。

源氏物語とは何であるかという探究と、この物語から何を引き出すかの試行錯誤は、鎌倉時代の藤原定家から始まった。すなわち、藤原定家こそ、源氏文化の濫觴だった。

定家が青表紙本という本文を確定した時に、源氏文化という清らかな水たまりが出現した。それだけでなく、定家は引用研究を開始し、『奥入《おくいり》』という注釈書を残した。この時に源氏文化は、かそけき音を立てながら、流れ始めた。

それは、作者である紫式部が源氏物語に封じ込めた祈りとメッセージが、後の時代の読者たちを獲得しながら、雪だるまのように巨大化してゆくプロセスでもあった。「源氏物語の心」は、いつの間にか日本文化を成熟させるエネルギー源となった。

藤原定家から、四百年。さまざまな源氏学者が登場した。本書の読者は、覚えておられるだろう。四辻善成、一条兼良、宗祇、三条西実隆。さらには、これまで紹介できなかったたくさんの学者が、源氏物語について発言してきた。

それらを集成すれば、まさに岷江が楚に入って大河になるように、全五十五巻の膨大な注釈書となる。それが、この『岷江入楚』である。中世の源氏文化の結実である。

だが『岷江入楚』は、大学院博士課程レベルの学力がないと、読んでもそれほど役には立たない。なぜなら、一語ごと、一文ごと、一場面ごとに幽斎と通勝は立ち止まり、これまでの四百年間に提出されてきた膨大な解釈史を振り返るからである。その中には、とんでもない読み間違いもあれば、いかにも読みが浅いものも交じっている。どちらも正しいと思われる解釈が、複数対立していることもある。さらに困ったことには、超一流の文学者が寄ってたかって論じても、原文に歯が立たないことが何箇所もある。

『岷江入楚』を読み始めると、源氏物語はすらすらと読める日本語で書かれていないことが、痛いほどに身に沁みる。また、『万葉集』の難訓歌と同じように、どんなに知恵を絞っても絶対に解決できない難所が、いくつもあることがわかってくる。だが、人々はこの物語に魅せられて、難所で座礁したり転覆したりしても、満身創痍でこの物語の難解な文章に食らいついてきた。その執念のすさまじさ。

そして、今こうやって『岷江入楚』を読んでいる自分も、またその執念の鬼と化していることに気づかされる。そこまで読者を鬼にする源氏物語とは、一体何なのだろう。

個人的経験を書かせてもらえば、私は文学部三年生で『岷江入楚』に触れた。そして、解釈の困難さを現実問題として突きつけられて、「すらすら読めてしまう口語訳」に、根源的な不信感を抱いた。

それから、三十年近く経った。今の私は、こう思っている。人間は、何のためにこの世に生きているのか。人間は、どこから来てどこへ行くのか。よりよく生きるとは、どういうことか。そういう難問に、答えはない。しかし数人でもよいから、世の中のどこかに人生の意味をとことん突き詰めて思索し続ける人がいたら、それでよいのではなかろうか。

同じように、源氏物語も、一語・一文・一場面ごとに立ち止まり、逡巡し、終わりのない検討を続ける「源氏学者」がいれば、よい。その苦渋の連続だった思索の成果を活用して、その時代の一流の小説家が「すらすら読める現代語訳」を開発すれば、それはありがたいことだろう。

しかし、ごく少数でよいから、この世の片隅に「源氏学者」なる人々が棲息していなければならない。彼らにとっては、解釈を拒む『岷江入楚』という混沌たる大河こそ、そこから出発すべき「原郷」であり、「濫觴」なのだ。

読者が作者である紫式部と、直接に向かい合える幸福な時代は、平安時代と共に終わった。それ以後の読者たち（つまり藤原定家以後）は、解釈の不可能性を知りつつも、果敢に挑み続けてきた。その解釈の歴史を知ることこそが、紫式部の心と素顔にたどり着くための唯一のアプローチだと信じられた。それが、中世という時代だった。

その中世文化は、細川幽斎で終わった。

第八章

北村季吟——本文付きの画期的注釈書で大衆化に成功

栗原信充「肖像集」より
（国立国会図書館蔵）

一六二四〜一七〇五。俳諧師・古典学者・幕府歌学方《かがくかた》。近江の野洲《やす》の生まれ。京都に出て、医業のかたわら、松永貞徳《ていとく》（細川幽斎の弟子）に古典を学ぶ。

膨大な著書を残したが、代表作は『湖月抄』。この源氏物語の画期的な注釈書には、独創的な編集アイデアが満載である。この時から、源氏物語は「誰でも読める古典」、つまり「読めばわかる古典」となった。

一六八九年。元号が「元禄」と改元された二年目、徳川綱吉の側用人《そばようにん》として絶大な権力を掌握した柳沢吉保に招かれ、江戸に向かう。宗祇以後の「古今伝授」の系譜によって、脈々と続いてきた「平和な時代にふさわしい古典学」のエッセンスを、綱吉と吉保に説くために。

「元禄文化」のプランナーだった北村季吟《きぎん》の夢と、元禄文化の推進者だった柳沢吉保の夢とが合体した、一大コラボレーション。それが、江戸駒込《こまごめ》の地に吉保が作った天下の名園・六義園《りくぎえん》である。

この時代、源氏物語を始めとして、京都の伝統文化が根こそぎ江戸に移植された。それが、江戸情緒の成熟につながり、近代日本の東京遷都を準備した。

琵琶湖に映る名月

琵琶湖にかかる瀬田唐橋《せたのからはし》は、古代から交通・軍事の要衝だったが、俵藤太《たわらのとうた》こと藤原秀郷《ふじわらのひでさと》のムカデ退治の伝説でも知られる。そこから遠くないところに、石山寺がある。このお寺で、紫式部が源氏物語を執筆したという伝説は、昔から有名である。琵琶湖に映る仲秋の名月を見て、「須磨・明石」巻のストーリーが浮かび、筆を取ったのだという。何ともロマンチックな言い伝えであり、日本人の美意識に強く訴える。だから伝説だと思いながらも、石山寺の「源氏の間《ま》」の中に紫式部の人形が置かれているのを、誰も不思議には思わない。

その琵琶湖と石山寺がある近江の国の野洲《やす》に、北村季吟《きぎん》は生まれた。彼が書いた源氏物語の注釈書のタイトルは、『湖月抄』。まことに、心憎いネーミングである。魅力的だから、大衆にアピールする力がある。

細川幽斎と中院通勝がまとめた『岷江入楚』は、名著ではあったけれども、「集大成」することに精一杯で、読者のわかりやすさを思いやる余裕はなかった。そもそも、『岷江入楚』という難解なタイトルでは、一般大衆は手に取って読んでみようという好奇心も湧かないだろう。

ここに、大きな問題が潜んでいる。藤原定家から始まった中世の源氏研究は、大衆への公開を前提としていなかったのである。定家から始まる二条家・京極家・冷泉《れいぜい》家は、定家の学問の後継者の地位を確立したが、それは学説と貴重書を独占しているお陰である。三条西実隆から始まる「源氏研究の家元」である三条西家も、代々蓄積してきた成果を公開することはなかった。

ところが、季吟の師である松永貞徳《ていとく》（一五七一～一六五三）には、先見の明があった。あるいは、文化をどのように次の時代に手渡すかについて、大きな危機感と使命感があった。貞徳は一六〇三～〇四年頃、京都の下町で、林羅山たちと共に古典の公開講義を開いた。『徒然草』や『百人一首』の研究成果を、公の場で発表したのである。むろん、知識の独占に執着する人々からは批判されたが、ここで流れが大きく変わった。

江戸時代には、出版市場が一挙に拡大して、大量の読者層が出現した。彼らは、手で書き写す写本ではなく、印刷物（版本《はんぽん》、あるいは板本《はんぽん》）で読書する喜びを知った。

この時代に、『湖月抄』は書かれた。魅力的なタイトル。しかも、季吟は読者にとっての「読みやすさ」と「わかりやすさ」に、最大限の配慮を払った。

『岷江入楚』には、良い説も悪い説も、ただ並列されているだけである。しかも、さまざまな説の配列順序がまったく留意されていない。『岷江入楚』は、一回や二回読んだだけでは、何が結論なのかが、簡単にはつかめない。だから、現代人が源氏物語をどう読めばよいのかは、見当もつかない。『岷江入楚』は、源氏物語が一般大衆に読まれることなど、最初から想定していなかったのだ。

それに対して、季吟の『湖月抄』は、どれが最も妥当な説であるかを読者がすぐにわかる「一目瞭然」を、モットーとしている。その目的のもとで諸説が集大成され、整理され、配列されている。だから、この箇所はこう読めばよいのだな、ということが、読者にはすっきりとわかる。まことに、明快である。

本文の付いた注釈書

季吟という人物は、学者としても編集者としても天才的なセンスを持っていた。まず、学者の立場から説明しよう。源氏物語の一つの文章に対して、三つも四つもの解釈が可能であり、いろいろな説が林立して収拾がつかないような場合でも、季吟の学力は瞬間的に「どれが深読みすぎるか、どれが浅読みすぎるか、どれが妥当か」を判定できた。だからこそ、限りある時間の中で、信じられないほどたくさんの本が書けたのだ。

それだけでなく、季吟には「読者のためになる本」を作りたいという、編集者としてのセンスがあった。彼が発明した天才的な本作りの第一歩。それが、「本文付きの注釈書」という、コロンブスの卵だった。

『岷江入楚』は、中世源氏学の集大成である。このことは、何回も書いた。だが悲しいことに、いや、不便なことに、注釈だけしか書かれておらず、本文が書かれていない。だから、机の上に、「源氏の本文」と「『岷江入楚』の語釈・解釈・鑑賞」とを別々に開いて置かねばならなかった。

それを一冊で済ませてしまおうというのは、誰にでも思いつくようだが、決してそうではない。何せ、相手は源氏物語である。藤原定家以来、膨大な注釈が書かれている。それを、すべて本文の行間に書き込むわけにはいかない。また、全部を本文の上部の空白の欄に書き込むと、今度は肝心の本文の意味がわからなくなってしまう。

そこで、季吟は「本文」+「傍注《ぼうちゅう》」+「頭注《とうちゅう》」という、三点セットを考案した。「傍注」というのは、本文の行間に書いてある簡単な注のことで、本文では省略されている主語や目的語を明記したり、その文脈の中での言葉の意味などが書かれている。これだけでも、本文がかなり理解できる。

「頭注」というのは、本文の上部の空白の欄に書かれている注で、源氏物語が書かれた時代の歴史的背景や、解釈が混乱していて諸説が対立している箇所や、その場面や挿入されている和歌の読みどころなどが、丁寧に解説してある。

読者は『湖月抄』を買えば、「本文」＋「傍注」によって、おおよその内容がわかる。本文とは別に、注釈書を買い足す必要などない。

さらに、「頭注」まで読み進めれば、藤原定家以来の源氏学の蓄積がすべて理解できるし、どの説を採用すればよいかが一目瞭然となる。

まさに、至れり尽くせりの本作りである。北村季吟は、細川幽斎たちが源氏学を集大成したのを受けて、それを「大衆化」することに成功したのだ。

季吟が発明した古典の大衆化路線は、現代でも不滅である。新潮社から発売されている「古典集成」シリーズは、大変にハンディで読みやすい。どういうふうに紙面が割り付けられているかと言えば、「信頼できる本文」＋「語釈や主語を補う傍注」＋「本格的であると同時にわかりやすい頭注」の三点セットなのである。完璧な「湖月抄スタイル」である。現代的な観点から「傍注」がセピア色で印刷されているのは、湖月抄スタイルを一歩先へ推し進めている。

もしも、この傍注を、どこまでも肥大化させればどうなるか。現代語訳となるのだ。小学館の「新編日本古典文学全集」シリーズは、「本文」+「頭注」+「現代語訳」の三点セットであるが、基本的アイデアは『湖月抄』の外に出ていない。

元禄ルネッサンス

古典は、一人でも多くの読者に読まれなければ、国民の共有財産とはならない。一六一五年の大坂夏の陣によって、戦乱と混乱の時代に終止符が打たれ、戦闘具は武器庫に納められた。待望久しい平和な時代が、やっと訪れた。この時、「大衆社会」が出現したのだ。むろん、「士農工商」という身分秩序はあったものの、武士だけでなく、豪商や富農たちも、平和な時代なればこその「文化的生活」を謳歌できた。さらに、「士農工商」の上には、天皇や貴族たちがいる。

長い乱世が続いた中世において、皇族や貴族が源氏物語を研究したのは、圧倒的優勢を誇る武士たちと、武力ではなく「文化の力」で対抗するためだった。天皇に文化の力があるから、幕府の将軍も天皇から任命してもらわねばならなかった。

平和な江戸時代になっても、貴族たちの源氏研究は続いていた。だが、彼らの中から、古代文化の精華である源氏物語の「新しい本質」を見抜いた天才や、新しい源氏文化の扉を切り開く人物は、ついに現れなかった。

古代の文化を知ることで新しい文化を創造する行為を、「ルネッサンス」と呼ぶ。源氏物語を核心とする「ルネッサンス運動」の原動力となったのは、貴族出身ではない北村季吟だった。ここに、「元禄ルネッサンス」が起きた。

元禄文化は、ルネッサンスだったのだ。この時代を代表する文学者といえば、松尾芭蕉・井原西鶴・近松門左衛門の三人である。芭蕉は、ほかならぬ北村季吟の弟子である。芭蕉は西行や宗祇を敬慕し、古典文化に対する尊敬を強く持っていた。それでいて、「蕉風」と呼ばれる新しい俳諧の道を確立した。西鶴の『好色一代男』は、源氏物語と『伊勢物語』の枠組みを借りながら、個性的で斬新な主人公を作りあげた。近松の浄瑠璃も、世話物だけでなく、時代物に多くの名作がある。古典を踏まえ、古典を超える。それが、元禄ルネッサンスだ。

さらには、次の章で取り上げる本居宣長。季吟と同じく医業から出発し、「国学」という新しい原理に基づくルネッサンス運動の教祖となった。

ヨーロッパのルネッサンスは、「神から人間へ」を合い言葉としていた。では、江戸時代の日本で巻き起こった二つのルネッサンス運動は、何を目指していたのだろうか。

私が思うに、「英雄から普通の人へ」という人間観の一大転換がなされたのではないだろうか。ここを源流として、「どこにでもいる平凡な人間の、ありふれた人生を描く」近代文学が始まった。百年に一人出るかどうかの英雄・美女・悪漢の非凡な人生ではなく、ごく普通にこの世を生きる人間の幸福と不幸が何であるかが、見きわめようとされる。

江戸時代の人間観の変化は、古典作品の読み直しにも直結した。江戸時代に描かれた「見立て絵」では、源氏物語や『伊勢物語』の関係者（作者や登場人物）が、江戸時代の一般人の姿で描かれる。柳亭種彦《りゅうていたねひこ》は『偐紫田舎源氏《にせむらさきいなかげんじ》』を書き、大田南畝《なんぽ》（蜀山人《しょくさんじん》）は狂歌で王朝文学のパロディを試み、庶民は川柳で古典の中に笑いの対象を発見した。

紫は石の上にも居た女
石山で出来た書物の柔らかさ
物語直《ぢか》に本尊書き給ふ
内心も菩薩で書いた物語

一句目は、石山寺を「石の上」としゃれている。「石の上にも三年」ということわざも、かすめられているだろう。

二句目は、「石山という、いかにも固そうな山で書かれながら、男女の色恋のやわらかい内容であることよ」の意。

三句目は、「紫式部ではなく、石山寺の本尊が直接に筆を取ったのが、源氏物語だろう」という意。紫式部の心に、観音が入り込んで書いたのだ、と興じている。

四句目は、「外面如菩薩《げめんにょぼさつ》、内心如夜叉《ないしんにょやしゃ》」ではなくて、観音菩薩に導かれたのだから、さぞかし「外面如菩薩、内心如菩薩」の心境で、紫式部は物語を書いたのだろうと言っている。

このような自在で軽妙な人間観・文学観・古典観こそ、江戸時代のルネッサンスの結実なのだ。

平凡な人間が、よりよく生きるには

北村季吟は、何のために源氏物語を読んだのか。『湖月抄』の最後には、季吟が求めたキーワードが掲げられている。「君臣の交《まじわり》」「仁義の道」「風雅の媒《なかだち》」「菩提の縁」の四つである。ちょっと見には、儒教と和歌と仏教の寄せ集めにしか見えない。

でも、ここには季吟の深い人生観が込められている。最初の三つのキーワードは、この世を幸福に生きるために必要な人間関係を列挙している。人間は、一人きりでは生きてゆけない。だから、「男と女」「親と子」「主君と従者（上司と部下）」「友と友」の人間関係のネットワークを必要とするし、自分がそのネットワークの中心にいてこそ、「この世に人として生まれてきて、本当によかった」という充足感が得られる。

四つ目のキーワード「菩提の縁」は、「よりよい死の迎え方」を意味している。

このように、季吟は源氏物語を「高度の人生指南書」であり、「最高の人生教訓書」として位置づけた。江戸時代には、鎌倉時代後期に書かれた『徒然草』も教訓書として読まれた。季吟は、『文段抄《もんだんしょう》』という『徒然草』の名注釈書を残している。

それだけたくさんの「一般大衆」が、よりよく生きるための知恵を求めて、読書欲に駆られていたのである。彼らのリクエストに、季吟は応えた。だから、誰もが原文で源氏物語を読める方法を発明したし、同時代の人たちの心の渇きを癒す「人生教訓書」として読み方のお手本を示したのだ。

文学者で終わらず、政に参画する

吉川英治の『宮本武蔵』には、ひたすら剣の道に生きてきた武蔵が、「政《まつりごと》に参画したい」と思うようになる場面がある。また、山の上で孤独な修行に励んでいた高僧が、苦しんでいる人々を助けるためにあえて山を下りて俗塵に交わる話も多い。

書斎で暮らしてきた学者も、それと同じ志を持つことがある。学者だけではない。実作者も、そうだ。早い話が、紫式部。彼女は、源氏物語を書き終えてから十年近くも生きていた。その間、彼女は何をしていたのか。

彼女は現実世界の日常にどっぷりと浸り、それを受け入れ、たくましく人生を生きた。源氏物語を書き終えた彼女は、「文学者」の辿りつきうる最高の境地を維持したまま、物語を書かず、おそらく物語を読みもせず、純一に生きた。あの中島敦『名人伝』の弓の名人が、弓という器具の名前もその使い道も忘れてしまったのと同じように。

紫式部は、自分の創作した光源氏が、波瀾万丈だった長い人生の果てに、「もう一度この世に生まれてくるのなら、こんな人生をこんな気持ちで生きてみたい」と心から願ったであろう心境を自分のものとして、その後の人生を生きた。中宮彰子《しょうし》と、父の藤原道長は、政治的信念が擦れ違い、微妙な対立関係にあった。親子ですら敵対せざるをえない過酷な政治の世界を、「女房」という立場で紫式部は生きたのだろう。

北村季吟は、数えの六十六歳という高齢で、住み慣れた京都を離れ、新開地の江戸に下《くだ》った。江戸こそ、自分の「奥津城《おくつき》どころ」であると見定めたのだ。

招いたのは、将軍の側用人《そばようにん》・柳沢吉保《やなぎさわよしやす》。幕府は、「歌学方《かがくかた》」というポストを、季吟のために新設してくれた。市井《しせい》の一学者が、幕臣、かつ有力政治家のブレーンへと抜擢されたのだ。これは、堕落ではない。もし、これを権力欲に目がくらんだ行為としか見られないのであれば、その人こそ権力欲に憧れ、捕われているのではないか。

一つの道を極限まで深く極めて第一人者となった人は、自分のたどり着いた境地が、自分以外の人にも通用するものなのか、知りたくてたまらなくなる。それが、「政に参画したい」という欲求を高める。

江戸に迎えられた季吟は、望みうる最高の聴衆である綱吉と吉保に向かって、自分の学問のエッセンスを説き、それを自筆で書いて献上した。源氏物語の「帚木《ははきぎ》」巻で、左馬頭が熱っぽく光源氏と頭中将に向かって、「理想の女とは何か」を説き続けたのと同じように。

柳沢吉保は、日本の古典の第一人者である季吟と親交を結んだだけでなく、儒者の荻生徂徠《おぎゅうそらい》も家臣に召し抱えていたし、中国から渡来した高僧たちとも対等に禅の悟りについて語り合った。そうしながら吉保は、「文武両道」を基本概念とする新しい「文化国家」の創造に向けて政治の舵取りを始めた。

柳沢吉保は、現在では「野心家」とか「ゴマすり上手」とか「忠臣蔵の憎まれ役」とか、果ては「女を使って将軍をたぶらかした」とか批判されることが多い。綱吉も、「生類憐れみの令」のマイナス面ばかりが話題となりがちである。だが、綱吉と吉保は、北村季吟の古典研究に最大の敬意を払った、長い歴史上でも希有の権力者だった。

だから、この時代に源氏物語が蘇った。そして、政治を通して、一般大衆の世界へと還元されていった。贅沢品の浪費によって江戸城に蓄積されていた金を消費し尽くしたと批判される綱吉と吉保だが、彼らが使ったお金は一般社会へと吸収されていった。当時は上の立場の者がお金を使わなければ、下々まで行き渡らない経済構造であった。このようにして、財宝も、源氏物語も、江戸の庶民生活の隅々にまで浸透していったのである。

六義園という夢の庭

柳沢吉保は、八幡太郎義家の弟・新羅《しんら》三郎義光《さぶろうよしみつ》を祖とする甲斐源氏の出身だった。空前の権力を摑み取った彼は、自分という人間がこの世に幸福に存在したこと、そしてそれが自分の周囲の人々にとっても幸福だったことを文字で書き記し、後世に残したいと願うようになった。

そのために、吉保は荻生徂徠を召し抱えて、自分の事績や参禅録を漢文で書き残させた。しかし、それではまだ物足りなかった。『古今和歌集』の漢文で書かれた真名序《まなじょ》には、「どんな権力者も死んだら忘れられてしまう運命だが、歌人だけは和歌の徳で永遠に人々から記憶される」という趣旨の内容が書かれている。

だから、吉保は季吟を京都から呼び寄せ、彼から「古今伝授」を授かったのだ。そして、『古今和歌集』の序文に書かれている和歌の六種類の分類（六義《りくぎ》）を網羅した大庭園を、駒込の山里に造営し、六義園と名づけた。ここには、儒教の目指す「道」の思想もあるし、和歌が目指す「風雅」の極致もある。風雅とは、男と女が恋をすることであり、人間と自然が交感することである。

六義園が作られた当初には、「八十八境《きょう》」と言って、園内には和歌や漢詩に因む名所が八十八箇所もあった。それらの優雅な名前や、水の配置などの重要なプランニングは、北村季吟が提案し、吉保が承認したものだと考えてよい。『湖月抄』という書物で画期的な空間感覚（紙面の独創的な割付《わりつけ》）を発揮したアイデア・マンの季吟は、造園技術に関しても独自の空間感覚を持っていた。和歌や物語という「時間芸術」は、季吟によって「空間芸術」へと見事に転生したのである。

六義園を主宰する偉大な柳沢吉保は、「元禄時代に出現した光源氏」である。それを、誉め称える文章が必要である。ここに、北村季吟の存在価値があった。季吟は、吉保の側室である正親町町子《おおぎまちまちこ》を指導して、『松陰日記《まつかげにっき》』という傑作を完成させる。

この『松陰日記』を一読した人は、きっと驚くことだろう。源氏物語のボキャブラリーがそのままちりばめられているし、文体もそっくりだし、場面構成も人物造型も、源氏物語の再現だからである。ますますもって、吉保は光源氏の再来ということになる。

どうして、江戸時代の人間が七百年前の源氏物語そのままの文章を書けたのだろうか。その秘密は、『湖月抄』にある。この『湖月抄』は、傍注と頭注を巧みに配置して、原文を味読できるように工夫されている。原文で読んだ読者は、その原文の息づかいを自分のものにできる。すなわち、源氏物語ばりの文章が書けるようになるのだ。しかも、

『湖月抄』の著者である北村季吟直々《じきじき》のアドバイスが、町子に対してなされたのだから、なおさらである。

『松陰日記』には、清書本と草稿本がある。草稿本には、本文だけでなく、何と「傍注」と「頭注」が付いている。この三点セットの存在が、季吟の指導の強さを物語っている。

正親町町子だけではない、これ以後も、『湖月抄』のおかげで、源氏物語の文体をマスターした人々が絶えなかった。

源氏物語は、過去の虚構の物語ではなく、現代文学となり、生き続けた。季吟は、吉保の政治力と経済力を活用して、源氏物語を再生させ、永遠に生き続ける道筋を指し示した。その道は、明治時代まで続いている。しかし、言文一致運動が起きるに及んで、源氏物語は再び存在基盤が根底から揺さぶられることになった。その時、「第二の北村季吟」は現れなかった。

第九章

本居宣長——先人の成果に異議を唱え、「もののあはれ」を発見

栗原信充「肖像集」より
(国立国会図書館蔵)

一七三〇～一八〇一。古典学者。伊勢松坂の商家に生まれる。医業に従事するかたわら、賀茂真淵《かものまぶち》と出会った「松坂の一夜」を契機に、国学に志す。大著『古事記伝』も名高いが、死去する二年前に刊行され、源氏物語を縦横に論じた『玉《たま》の小櫛《おぐし》』は、奇跡の書とも言うべき空前の書である。

診療や古典講釈の時間以外は、「鈴屋《すずのや》」と称する書斎で、ひたすら孤独な思索を続けた。宣長は、真の意味で近代的自我を確立した「個人」だった。たった一人の思考によって、これまでの一流の文化人たちが営々と積み重ね、継承してきた「古典観」「文化観」「国家観」をひっくり返した。『古事記』や源氏物語という古代文化に深く沈潜することで、「新しい日本文化」という広大な精神の沃野を出現させた。

宣長の人生を読み解いた小林秀雄の『本居宣長』はあるが、『玉の小櫛』に寄り添って宣長思想の根幹にアプローチする本格評論は、まだ書かれていない。だから、宣長が発見した「もののあはれ」という源氏物語の主題も、乗り越えられていない。

代表歌、「しきしまの大和心を人問はば朝日に匂ふ山桜花」。

国学の四大人

「元禄ルネッサンス」に引き続いて、「国学ルネッサンス」が起こった。仏教や儒教が入ってくる以前の「古代日本」に、日本文化の出発点があると考え、そこから「日本文化の進化」をやり直そうとするのが、国学ルネッサンスのねらいである。単に、古代に帰れ、と言っているのではない。

明治時代に正岡子規が『万葉集』を高く評価したのも、『古今和歌集』的な和歌が停滞していたのを打破するために、古代の『万葉集』を衝撃的に対置したのである。外国の最先端の思想を導入することでも状況は改革されるけれども、単なる「外発的」な流行で終わってしまう危険性がある。内発的な変革でなければ、日本文化を発展させることはできない。

さて、「国学の四大人《しうし》」と呼ばれる大家がいる。荷田春満《かだのあずままろ》・賀茂真淵《かものまぶち》・本居宣長《もとおりのりなが》・平田篤胤《ひらたあつたね》の四人である。この四人の顔ぶれを見て最初に気づくのは、本居宣長だけが源氏物語を深く愛していた点で、他の三人と違っていることである。宣長の師である賀茂真淵にも源氏物語の注釈書があり、何箇所か「ふ〜ん」と感心する指摘があるが、源氏学者でも数年に一度くらいの頻度でしか手にする必要を感じない。

その点、宣長の『玉《たま》の小櫛《おぐし》』は、源氏物語の本文を読もうとすれば、座右にあるいは机上に置いておかねばならない。つまり、宣長なしでは、一行たりといえどもこの物語の解読が進まないのである。

小林秀雄の『本居宣長』の冒頭には、折口信夫《おりくちしのぶ》（釈迢空《しゃくちょうくう》）宅を訪れた時の思い出が記されている。戦時中のことだろうか。

帰途、氏は駅まで私を送って来られた。道々、取止《とりと》めもない雑談を交して来たのだが、お別れしようとした時、不意に、「小林さん、本居さんはね、やはり源氏ですよ、では、さよなら」と言われた。

折口信夫の慧眼、畏るべし。小林はこの言葉を書き記したうえで、源氏論を含む宣長の全文業の森へと分け入ってゆく。ただし、宣長の源氏論の核心にまでは到達できなかったように思われる。

折口信夫は独創的な古代学者だったが、源氏物語の卓越した読み手だった。折口の源氏講読会には、『風立ちぬ』で知られる小説家の堀辰雄も参加しているほどである。折口は源氏物語の本文を読む際に、『玉の小櫛』を絶えず参照し、その底なしの学力に対して敬意と敵意とを抱いたのではなかろうか。

宣長の学力は、悪魔的に深かった。

たった一人で、「古今伝授」をひっくり返す

歌舞伎の舞台で、豪傑が怪力を発揮して、ずらっと並んだ男たちをひねり倒す場面がある。宣長が学問の世界でやったことも、それに近い。

宣長は、北村季吟の著した奇跡の書『湖月抄』で源氏物語を読んだ。『湖月抄』を読みながら膨大な書き込みを施したものが、松阪市の本居宣長記念館に現存している。それが、すべて『玉の小櫛』の血となり肉となった。

季吟は、「本文」+「傍注」+「頭注」の三点セットを発明し、藤原定家から始まる中世源氏学を集大成し、かつ整理してのけた。まさに、偉業である。宣長の源氏学も、季吟の『湖月抄』がなければ樹立しなかったと思われる。ところが宣長は、季吟が信頼すべきだと考えた「本文」に、まず異を唱える。

源氏物語の本文校訂は、藤原定家の「青表紙本」から始まった。『湖月抄』も、むろ

んその系統である。ところが『玉の小櫛』の「四の巻」では、『湖月抄』の本文よりも優れた本文と考えられる形態を膨大に列挙している。

源氏物語以外の膨大な書物を、深く熟読しているから、源氏物語の本文の原型がはっきりと見えるのだ。これが、真の学力である。

また、「給ふ」が「て」に続く時、『湖月抄』の本文は「給ふて」と表記するのが普通である。こういう仮名づかいについて、宣長の批判は鋭い。文法的には「給ひて」が正しく、「給ふて」という表記はありえない。音便《おんびん》ならば、「給うて」とウ音便になるべきだ。こういう文法に関する指摘は、むろん宣長が正しい。というより、宣長の確定したのが歴史的仮名づかいであり、現在も古文の教科書で採用されているのだ。

さらには、語釈や文脈の解釈に関して、信じられない数の「通説への批判」を繰り広げる。今日では、その大多数は宣長が正しいと判定されている。宣長は、『湖月抄』を初めて読んだ時、身震いするほどうれしかったに違いない。ここには、定家・善成・兼良・宗祇・実隆・幽斎（通勝）・季吟という、これまでの源氏学（ということは、日本文化）を代表する超一流の文化人たちが、一生を賭けて積み重ねた成果が何代にも渡って集成・継承されてきた「分厚い歴史」がある。すなわち、「古今伝授」の伝統である。

そそり立つ歴史の壁の前で、絶望するどころか、宣長は自分一人の力でこの壁を打ち破ろうと武者震いする。そうせねば、源氏物語の近代が訪れないからである。『玉の小櫛』というタイトルは、宣長の歌から取られた。

そのかみの心訪《たづ》ねて乱れたる筋梳《すぢと》き分《わ》くる玉の小櫛ぞ

「そのかみ＝昔書かれた源氏物語」の本質にたどり着くには、これまでの間違った解釈を訂正しなければならない。美しい髪を取り戻すためには、ぐちゃぐちゃに乱れた髪の毛を、きちんと梳《くしけず》る「櫛」が必要なのだ。その「櫛」が、宣長の底なしの学力のシンボルだった。

宣長は、源氏物語の読み方を変えることで、この物語の主題認識を改めることができると考えたのではなかったか。また、「古代日本人の心」に対する認識が深まれば、日本文化に対する認識も改まる。

世界認識が変われば、世界は実質的に変容する。人間観が変われば、人間も変わる。まさに、「回天」である。源氏物語がその正しい本文と正しい解釈を取り戻せば、世界

（国家）も個人も、美しい姿を取り戻せる。

宣長には、それを可能にする学力があった。なぜ、その学力が身に付いたのか。おそらく、『湖月抄』という全身全霊を賭けて戦うべき最強の好敵手がいたからだろう。だから、膨大な書き込みをしつつ、『湖月抄』のすべて（本文・傍注・頭注）を批判的に熟読したのだ。

光源氏の年齢の間違いを正す

現在、市販されている源氏物語のテキストでは、それぞれの巻の本文の前に、光源氏の年齢を明記している。たとえば、「須磨」巻では、「源氏二十六歳の春から二十七歳の春まで」というように。これを「年立《としだて》」と言う。源氏物語の全体像を解明する際には、登場人物たちの関係を記載した「系譜」と並んで、この「年立」が必要不可欠である。

ところが、『湖月抄』ではどうなっているか。一条兼良以来の「年立」研究がまとめられている。「須磨」巻を見ると、何と、「光源氏の二十五歳三月から次の年の三月まで」とされているではないか。主人公の年齢が、一歳違う。

若い光源氏と比べて、自分は「年上」で不釣り合いだと悩んでいる六条御息所《ろくじょうのみやすどころ》という女性がいる。『湖月抄』では、年の差は八歳。宣長説では、七歳の年の差ということになる。どちらが正しいのか。そして、なぜこの違いが起きてしまったのか。

責任の一端は、作者にもある。紫式部は、冒頭の「桐壺」巻で光源氏の元服までの年齢を詳しく書いた後は、まったく光源氏の年齢に触れない。第一部の最後に位置する「藤裏葉《ふじのうらば》」巻で、やっと「来年は四十歳」と書かれる。そこで、この「光源氏三十九歳」から一つずつ巻をさかのぼって、光源氏の年齢を逆算することになる。

この引き算が、簡単そうに見えて、実にむずかしい。巻と巻の間で、数年の空白があったり、時間が逆戻りすることがザラにある。一つの巻が、十年以上の歳月を抱え込むこともある。結論だけ言えば、「玉鬘《たまかずら》」巻という厄介な巻があり、そこで宣長以前の年立は、引き算を間違えていたのである。宣長は、そこを見逃さなかった。さすが医者だけあって、計算能力は確かだ。

宣長は、正篇（第一部）では光源氏の年齢を一歳引き上げたが、続篇（第三部）の宇治十帖でも、薫《かおる》の年齢を従来よりも一歳引き上げている。最後の「夢浮橋」巻の薫の年立は、『湖月抄』では二十七歳、宣長説では二十八歳。

現在の学説は、宣長の二十八歳説を採用している。この場合は、旧説も間違えたのではない。作者の書き方が曖昧で、薫の年齢を確定することが困難なのだ。けれども、宣長説に軍配が上がったのは、宣長の計算能力と読解能力への信頼の結果だろう。

古い鑑賞や主題把握に異議を唱える

三条西実隆の『細流抄』は、「鑑賞」という新しい要素を源氏研究に導入した。歌舞伎に大見得を切る場面があるように、物語にはここぞという読ませどころがある。泣かせどころでもある。多くは和歌が挿入されていて、感動を高めている。

鑑賞は本来、主観的なものであるから、他人の鑑賞に異を唱えるのは、あまり生産的な行為ではない。だが宣長は、きわめて戦闘的に批判を繰り返す。

なぜかといえば、鑑賞文が主題把握に直結することが多いからである。本書で述べてきたように、宣長以前の源氏学は「よりよく生きる」ための教訓を源氏物語から引き出そうとした。「幸福な人生」とは、人間関係の中で自分の居場所が確定していることであり、「不幸な人生」とは、たった一人で孤独に生きねばならないことである。

だが宣長の「幸福」についての考え方は、宗祇から季吟までの人々とは違っていた。

源氏物語の終わり近くの「浮舟《うきふね》」巻。匂宮《におうみや》が親友の薫を裏切り、薫の愛人である浮舟と密会する場面がある。匂宮は浮舟に向かって、「私たち二人の関係がもし薫にバレてしまったならば、薫はあなたをほったらかしにして寂しい思いをさせた自分の過失など忘れて、あなただけを厳しく責めることでしょうね。それが、私にはつらい」、と語りかける。

『湖月抄』には、季吟の師の一人である箕《み》形如庵《かたじょあん》の鑑賞が、書かれている。大意を記すと、「たとえ薫が浮舟をほったらかしていたとしても、浮舟が二夫に見《まみ》えた罪は自明のことである。匂宮は、それを百も承知の上で、悪いのは薫で、浮舟には罪はないと詭弁を弄している。誠実でない人間の言葉とは、こういうものである」。

浮舟は、「薫の愛人」にもなれず、「匂宮の愛人」にもなれず、この世に居場所をなくし、進退窮まって、入水《じゅすい》自殺を図る。何と愚かしい、不幸な女であることよ。読者よ、決して浮舟のようになってはならない。作者が源氏物語を書いたのも、そのような道徳を読者に教えるためだったのだ……。

何か、勝ち誇ったような、ものの言い方である。人間を高みから見下ろしているように聞こえる。だが宣長は、この箇所で、正確に文脈を読みほどき、書かれてある文章の意味を拡大解釈もせず、縮小解釈もせず、丁寧に解説している。

宣長は、浮舟の人生が幸福だったか不幸だったか、成功だったか失敗だったか、まったく興味がないのだ。親友を裏切ったうえに、親友の悪口を公言しつつ、けれども心の中では薫に対して申し訳ないと思っている匂宮の心を、ありのままに理解しようとしている。そして、どうしようもない運命に翻弄されて、手に入れかけた安泰をみすみす失いつつある浮舟の哀しみと諦めを、自分のものとしようとしている。

季吟の『湖月抄』には、源氏物語の主題が「君臣の交」「仁義の道」「風雅の媒」「菩提の縁」の四つであると、高らかに宣言されていた。宣長は、『玉の小櫛』の最初のところで、これに真っ向から反旗を翻している。

> 物語は、儒仏などの、したたかな《【ご立派な】》る道のやうに、迷ひを離れて、悟りに入るべき法《のり》にもあらず。また、国をも家をも身をも、治むべき教へにもあらず。

源氏物語は、人生教訓書などではない。これは、平和な時代が長く続いた江戸時代中期の宣長にして、初めて切ることのできた啖呵である。

「もののあはれ」の発見

宣長は、平和が当たり前の時代に生まれた。だからこそ、平和に潜む危険を知っていた。士農工商の身分社会だから、町人の子は町人。貴族を「堂上《とうしょう》」、庶民を「地下《じげ》」と言う。宣長は、京都の公家から学問的支援を受けたり、紀州徳川家から十人扶持《ぶち》の待遇を受けたりした。けれども平和が続く限り、今の自分が置かれている状況がこれ以上好転することはありえない。そんな社会を、どうやって生きてゆけばよいのだろうか。

人生は、苦しい。どんなに努力しても、うまくゆかないようにできている。町人から幕府歌学方《かがくかた》に大抜擢されて、六百石を授かった北村季吟は、よほど要領がよかったか、たった一度のビッグ・チャンスを物にできたかのどちらかだろう。

しかも人々は、日々の暮らしに埋没してしまい、喜びや楽しみに鈍感になっている。本来なら身もだえするほどに悲しい時にも平然としているし、全身で怒りを表現せねばならないはずの時でも無言だったりする。人間としての感情が麻痺し、錆《さ》び付いているのだ。それが、平和の陥穽だ。

だから、源氏物語を読むべきだ、と宣長は言う。この物語を読めば、「心の錆び」がきれいさっぱりと洗い落とせる。そして、この物語を読まなければ流せなかっただろう純粋に美しい涙や、人間に生まれてよかったという喜びや、腹の底から煮えくりかえる怒りやらを、ヴィヴィッドに体験できる。人間本来の心と感情を、取り戻せるのだ。

日常生活で忘却された「根源的な人生」のことを、宣長は「もののあはれ《わ》」と命名した。源氏物語には、たくさんの登場人物が入れ替わり立ち替わり、現れる。彼らは、光源氏と関わらなければ一生体験せずに済んだだろう「大きな苦しみ」と、光源氏から分けてもらった「大きな喜び」を感じている。だから彼らは、人間として生まれた甲斐があった。

その人たちの「喜び」や「悲しみ」をすべて吸収して、光源氏は生きる。だから、光源氏が感じた無上の喜びは、前人未踏であるし、光源氏がもだえた苦悶もまた、空前絶後である。光源氏こそは、最も人間らしい人間だった。始原の人だった。

「御法《みのり》」巻で紫の上が死んだ悲しみは、光源氏が立派に引き受けた。「幻《まぼろし》」巻で、一年間も光源氏に美しく悲しんでもらった紫の上は、ある意味で幸福だった。だが、光源氏の死んだ悲しみは、あまりにも大きすぎて誰も引き受けられない。だから、光源氏の退場と死去を描くはずの「雲隠《くもがくれ》」巻には、本文がないのだ。そう、宣長は言う。

この時の宣長は、言葉とは裏腹に、光源氏の死の衝撃を全身で受け止めようとしていた。それができれば、光源氏を生み出し、彼に波瀾万丈の人生を体験させ、退場させた「作者の心」を受け止めることができる。宣長は、純粋な人間として、これまた純粋な人間である作者と向かい合うことができる。

「もののあはれ」は、美学や美意識などではない。平和によって麻痺しつつある「人間の心の緊張感」、あるいは「危機意識」を取り戻すための唯一の武器だったのだ。

宣長は、どこまで自分の心を高めて「人間本来の姿」を取り戻せるか、験《ため》したかったのだろう。感情の起伏の激しい光源氏は、まさに「人間」のモデルだった。

空前の天才に、弱点はあるか

宣長が死んで、既に二百年以上が経《た》った。まだ、「もののあはれ」に替わる主題を提示できた研究者も、批評家も、思想家も、芸術家も、現れていない。では、この天才に弱点はないのだろうか。

私は、あると思う。不死身のアキレスや無敵のジークフリートにすら、弱点はあったのだから。宣長は源氏物語を論じた『紫文要領《しぶんようりょう》』の中で、「もののあはれ」が教誡《きょうかい》（教戒・教訓）を超える概念だと胸を張りながらも、次のように言わざるをえなかった。

されば［物語は］教誡［の書］にはあらねども、強《し》ひて教誡と言はば、儒仏の言【所謂】はゆる教誡にはあらで、「もののあはれ」を知れと教ゆる教誡と言ふべし。

宣長は、正直だった。「もののあはれ」もまた、人生論読み、あるいは教訓読みの一種だったのだ。自分が自分らしく生きるための方法を教えてくれるのが、源氏物語である。結局は、『湖月抄』と同じ「人生論」という土俵の上で勝負していたのだ。

もう一つ、宣長の弱点を挙げよう。『玉の小櫛』は、奇跡的な名著だが、源氏物語の本文が付いていないので、ちょっと見ただけでは、何が問題となっているのかが、よくわからない。そこで、宣長以後の人々は、どうしたか。「もののあはれ」論を高唱し、『湖月抄』を批判した『玉の小櫛』の卓見の数々を、ほかならぬ『湖月抄』の「頭注」の中に追加してしまったのである。すると季吟の『湖月抄』は、驚くほど完璧になる。結果的に宣長は、季吟の『湖月抄』を完成させるために奉仕することになった。

季吟がプロデュースし、宣長が協力して出来上がった理想のテキストを、『増註《ぞうちゅう》湖月抄』と言っている。私は文字通り、この書を座右の書としている。大学を卒業し、大学院に進学した年（昭和五十四年）に刊行された名著普及会の三冊本である。

　これまでの五十三年の人生で、二番目に多く手にし（一番は『広辞苑』）、一番長く手にした書である。この本を座右に置いて、修士論文を書いたし、博士論文も書いた。講義や講演の予習には不可欠なので、必需品と言うより「飯の種」である。ここから、私の源氏物語が始まった。いまだに、同行二人《どうぎょうににん》の旅をしている。

　講談社学術文庫にも、『源氏物語湖月抄・増注』全三冊が入っているが、活字のポイントが小さくて、読みづらい。でも現在は、名著普及会のものは入手困難なので、講談社学術文庫はありがたい。

　話が、横道に逸れかけた。『増註湖月抄』。このタイトルが示しているように、宣長の悪魔的に尖鋭で深遠な卓見は、彼が批判したはずの季吟の『湖月抄』の中に吸い込まれてしまった。『湖月抄』は、将来出現するであろう批判までも貪欲に取り込んで、軌道修正ができるプログラムを確立していたのだ。

　宣長、畏るべし。そして季吟、畏るべし。この二人の巨人を生んだ江戸時代は、源氏物語が最も感謝すべき「読み手」に恵まれた時代でもあった。

　私は宣長の独創性に、ほれぼれする。時には、嫉妬し、乗り越えたいという激しい敵意も抱く。それには、まず宣長が全身全霊を傾けて自分のものにしようとした「生きる喜びと悲しみ」＝「もののあはれ」を自分のものとする必要がある。宣長は、『湖月抄』に学び、『湖月抄』を超えようとした。だから、宣長を超えるためには、『増註湖月抄』を何回でも読んで、彼の偉大さを肌で感じ続けるしかない。

「小林さん、本居さんはね、やはり源氏ですよ」と、折口信夫は言ったという。折口の言う通り、『増註湖月抄』を繙くたびに、「読者の皆さん、私はね、やはり源氏が好きなんですよ」という宣長の肉声が聞こえてくる。

その肉声の向こう側には、季吟の肉声も、一条兼良の肉声も、三条西実隆の肉声も、聞こえる。そのうえで「本文」を読むと、「紫式部」の肉声がかすかに聞こえてくるようにも思われるのである。

第十章　アーサー・ウェイリー——美しい英語訳で世界文学に押し上げる

Ivan Morris, ed., *Madly Singing in the Mountains : An Appreciation and Anthology of Arthur Waley,* Allen & Unwin, London, 1970

一八八九〜一九六六。イギリスの東洋学者。大英博物館館員。ケンブリッジ大学キングズコレッジ終身名誉フェロー。ヴァージニア・ウルフ、E・M・フォースター、T・S・エリオット、バートランド・ラッセル、ジョン・ケインズなどの「ブルームズベリー・グループ」と交流。

中国の漢詩、源氏物語、『枕草子』(部分訳)、謡曲などを美しい英語に訳した。中でも、一九二五年から三三年にかけて刊行された源氏物語の英語訳は、画期的なものだった。源氏文化が、初めて海を越えて世界に向かって広がった。そしてウェイリーの英語訳から、世界各国語に重訳された。ウェイリーが播いた種は、多くの人の心の中で大きく育った。ドナルド・キーンは、ウェイリー訳の源氏物語を読んだ感動からジャパノロジストになったと回想している。

サイデンステッカー、タイラーと相次いで優れた英語訳が刊行されてきたが、今もなおウェイリー訳は新鮮で、みずみずしい。この生命力は、源氏物語そのものの生命力にも匹敵する。

美しく端麗な英語

アーサー・ウェイリーの英語訳は、またしてもコロンブスの卵だ。彼以前に、英語訳がなかったわけではない。末松謙澄《すえまつけんちょう》（一八五五〜一九二〇）という人がいた。伊藤博文の娘婿で、内務大臣や枢密顧問官を歴任した官僚である。彼はケンブリッジに留学体験があり、また文学に関心があったので、クレーの『谷間の姫百合』などのイギリス小説を日本語に翻訳したりした。その末松が、源氏物語の「絵合《えあわせ》」巻までを英訳している（一八八二年）。残念なことに、この末松訳は、源氏物語のすばらしさを世界に向けて発信する魅力に乏しかった。やはり日本人の英語は、ネイティヴの英語とは雲泥の差があったのだろう。

その四十三年後、ウェイリーの源氏訳の第一巻が世に出るや、この物語は称賛と名声に包まれ、面目を一新した。

現在、「ウェイリー訳が原文に忠実でない」ということは、常識のようになっている。だが、日本人の手になる現代語訳やダイジェストにも、誤訳はある。ウェイリー訳に誤訳が多いことは確かだが、そのマイナス面を補ってあまりある文学性と芸術性がある。香気がある。胸を掻きむしられるような、形而上学的な憧れがある。

正確さという点では、サイデンステッカーの英語訳があるし、近年はタイラーの英語訳も出現した。だが、今もなおウェイリー訳の存在価値は絶大である。なぜなら、ウェイリー訳は英語で書かれた一流の文学作品として、自立しているからである。

夕顔の白い花

どれくらい、ウェイリー訳は美しいか。試みに、「夕顔」巻の一節を読んでみよう。ヴァージニア・ウルフが、いたく感動して、十一世紀の初めの極東に、こんな優雅な文化があったのかと驚嘆した文章である。

光源氏は、子どもの頃に世話になった乳母《めのと》の家に見舞に出かけた時に、その隣の家に住む不思議な女性の存在を知り、心引かれた。牛車《ぎっしゃ》に乗った光源氏は、その家の造りや住まい方に、好奇心をそそられる。英語を読んでみよう。

The gate, also made of a kind of trellis-work, stood ajar, and he could see enough of the interior to realize that it was a very humble and poorly furnished dwelling.

（門は、これまた編み目格子《ごうし》で作られているのだけれども、半ば開いていたので、光る君は、中の調度品がよく見通せた。すると、そこが非常に粗末で貧しい「家具付きの住居」であることが、すぐに理解できた）

「家具付きの住居」という、原文にはない言い方が新鮮である。ウェイリー訳の読者は、ここで早くも曰《いわ》くありげの「貸家」に興味を持ち始め、どういう女性が男性と情事を楽しむために借りているのだろうかと、想像をたくましくする。この時、光る君の好奇心を、早くも読者は共有している。

For a moment he pitied those who lived in such a place, but then he remembered the song 'Seek not in the wide world to find a home ; but where you chanced to rest, call that your house' ; and again, 'Monarchs may keep there palaces of jade, for in a leafy cottage two can sleep.'

（しばしの間、光る君は、こんな所で生きる定めの人を可哀相に思った。だが、やがて、彼は［有名な］歌を思い出し［て、考えを改め］た。

人よ、広い世界のどこかに自分の本当の居場所があるなどと、捜し回ることをお止《や》めなさい。たまたま、その晩、くつろいで眠れる場所に恵まれたのならば、そこを、あなたの家だと呼びなさい。

さらに、もう一つ［の歌が光る君の脳裏をよぎった］

国王が、翡翠《ひすい》の宮殿に住むのも、よいかもしれない。［愛する］二人が眠るのには十分な草の庵《いおり》の代わりに）

ウェイリーは中国研究者でもあり、数々の漢詩も英訳している。ここでは、光源氏の念頭をよぎった二首の和歌を英詩に移し替えている。元の歌は、次の通りである。

世の中はいづれかさして我【わが宿】がならむ行きとまるをぞ宿と定むる

何《なに》せむに玉《たま》の台《うてな》も八《や》重《へ》葎《むぐら》生《は》へらむ宿に二人こそ寝《ね》め

「玉の台」を「翡翠の宮殿」とは、言い得て妙である。それにしても、ウェイリー訳の手にかかると、この二首の和歌が、人生哲学の深みを帯びてくる。ウェイリーは、哲学的であるだけでなく、詩人の魂を持っていた。それが、次に紹介する美しい英語を生み出した。読者の皆さんも、できれば音読しながら読んでいただきたい。

There was a wattled fence over which some ivy-like creeper spread its cool green leaves, and among the leaves were white flowers with petals half unfolded like the lips of people smiling at there own thoughts.

'They are called Yūgao, "Evening Faces,"' one of his servants told him ; 'how strange to find so lovely a crowd clustering on this deserted wall !'

And indeed it was a most strange and delightful thing to see how on the narrow tenement in a poor quarter of the town they had clambered over rickety eaves and gables and spread wherever there was room for them to grow.

（編んだ垣根の上には、蔦《つた》のような蔓《つる》が、いかにも涼しそうに青い葉叢《はむら》を広げていた。その葉かげには、白い花がいくつも見え隠れしていた。なかば開いた花びらは、みずから抱いた思いに微笑《ほほえ》む人の唇の形をしている。

「あの花の名は、夕顔、つまり黄昏《たそがれ》の顔、と言うのです」。従者の一人が、光る君に教えて、「こんな今にも壊れそうな垣根に、あんなにも可憐な花がたくさんかたまって咲いているとは、何と不思議なことでしょう」と言った。

本当に、その通りなのだった。都の中でも貧しい人の住む一画にある狭い貸家で、そのがたがたする庇《ひさし》や破風《はふ》の上にまで、「夕顔」と言うらしい花の蔓が、少しでも這いのぼる余地を見つけては覆い尽くしているさまを見るのは、初めての体験であり、わくわくする感覚を光る君に与えたのだった)

源氏物語の原文を、あえてここには載せない。ウェイリーの英語訳を初めて読んだ人が感じた新鮮な驚きを、再現したいからだ。それは、日本語の口語訳で源氏物語を読み慣れた日本人にとっても、同じではなかろうか。

ここにも、「貸家（tenement）」とある。少し前には、「furnished dwelling」とあった。同じイメージだろう。この粗末な家具付きの貸家の中には、「秘密の情事」を待ち望む謎の女が潜んでいる。自分の部屋を訪れる男が現れそうな予感に、思わず口元を緩ませて微笑んでいる女が。紫式部の原文では「眉」なのだが、ウェイリー訳では「唇」だからこそ、官能性が際だつ。

ウェイリー訳の巧みさは、門が半ば開いている、花が半ば開いているというように、「半開き」を繰り返している点にも表れている。ところで、「夕顔」巻の原文には、「半《は》蔀《じとみ》」という、美しい日本語が使われている。室町時代には、夕顔を主人公（シテ）とする『半蔀』という謡曲も作られた。

私はウェイリー訳を読んでいるうちに、「半蔀」の「半」の意味が、忽然として理解できた。たとえ破滅する結果になってもよいから、中途半端な自分の人生を全開させてみたいという、女の情念を象徴しているのだと感じられたのだ。そして、まだ破滅へと走り出す直前の「半開き」の状態だからこそ、男が女に吸い寄せられるのだ。

ウェイリーの英語訳によって、源氏物語は全世界の人々が心引かれる「散文詩」となった。文章から、あやしく、そして美しく、香り立つものがある。

かつて、藤原定家の父、藤原俊成は、「源氏見ざる歌詠《うたよ》みは、遺恨《いこん》のことなり」と言った。江戸時代の本居宣長も、良い歌が詠めない人でも、源氏物語の世界の住人になった心持ちで歌を作れば、感動的な歌人になれる、と言っている。ウェイリー訳の源氏物語は、読者に「詩人の心」を持たせてくれる。

静謐な思索

ウェイリー訳の魅力は、詩的な文章の中に、深い人生への感慨を漂わせている点にある。「夕顔」巻にも、詩歌を用いながら、人生哲学を展開しているくだりがあった。

もう一箇所、「朝顔」巻を紹介しておこう。紙面の都合上、ここではウェイリー訳からの重訳のみを掲げることにする。雪の日に、光源氏が、自分の求愛を受け入れてくれない朝顔の斎院を訪れる場面である。彼女は、父親の喪《も》に服している。光源氏の来訪は突然だったので、門番は鍵を開けるのに手こずった。

　屋敷の召使いが姿を現すまでには、少し時間がかかった。彼は手に門の鍵を下げて、雪の中を大急ぎで駆けつけたのだけれども、ひどくこごえて寒そうに見えた。生憎《あいにく》なことに、錠前《じょうまえ》は開かなかった。彼は手伝ってもらいたそうに後ろを振り返ったが、そこには誰もいるはずがなかった。

「錆《さ》びついています」と、年老いた門番は悲しげに言った。何とか開けようとして、がたがたと引っ張ってみるのだが、錠は不快な音を立てるだけで、動く気配もない。「どこも悪いところはないのですが、ひどく錆びているのです。今はこの門を使う人もおりませんので」

　この門番の言葉は何げなかったが、光る君の心は言いしれぬ憂愁で満たされた。何と早いスピードで錠が錆びつき、蝶つがいが硬くなり、門が彼の後ろで閉まることか。

「私ももう三十歳を過ぎた」と、光る君は思った。そうすると、これからも自分がこの俗世間に留まり、この世の営みを続けてゆくことなど、もはやできないように思われた。たとえ、浮世の出来事が昨日と同じように続き、人々がそれに汲々としていたとしても。

「だが、それでも」と、彼は独りごちた。「［出家を考えている］この瞬間ですら、美しい物たちを目にすれば、それは何げない花や木のような些細なものだったりするのだが、一瞬にして、私の人生がこの世に存在する意義のある確実なものへと再び蘇ってくるように感じさせてくれるということも、私は知っているのだ」

　色褪せてゆく美しい青春の記憶。そして、人生の後ろで、ぴしゃりと閉まる冷酷な門。この門は、夏目漱石やカフカの小説に出てくる「門」と同じ象徴性を帯びている。

人生に対する深い凝視と諦め。失われゆく青春に対する哀惜の念。諦めようとしても、諦めきれない恋心。捨てようとしても、捨てられない俗世間。自分という存在を苦しめもすれば、喜ばせもする世界。過ぎ去りつつある時間に対する愛惜の念……。

それが、哲学的思索へと昇華している。これは、人生論を超えた文明論である。そのようなものとして、源氏物語は世界の人々に評価された。ウェイリーの訳は、必ずしも原文通りではない。だからこそ、欧米の最高の教養人に受け入れられる批評精神を獲得しえたのである。

ウェイリー訳の読者は、源氏物語という過去の作品の中を「生きる」ことができる。だから、生きることの喜びと悲しみを感じる。それが、現代文明と自分自身への根源的疑問につながる。

ケンブリッジ大学教授だったF・L・ルーカスは、『八人のヴィクトリア詩人』(一九三〇年)という評論集の序文に、ウェイリー訳からこの「朝顔」巻の部分を書き抜いている。その直後には、プルーストの『失われた時を求めて』からの引用が続く。

源氏物語と『失われた時を求めて』の時代と空間を超えた共通点は、現在ではよく知られているが、最初に指摘したのはウェイリーだった。それが、ルーカスに共感を与えている。このルーカスに、吉田健一はケンブリッジ大学に留学した際に、教えを受けている（一九三〇〜三一）。

物語がストーリーで読者を引きつける時代は去った。読者の思索をどこまでも高く、そしてどこまでも深くいざなう「考えるヒント」が、源氏物語なのだということを、ウェイリー訳は示している。

ポエジーと、批評精神の調和

ウェイリーによって、源氏物語は現代文学として蘇り、世界文学となった。これが、日本にも逆輸入される。ウェイリー訳に感動したルーカスの教え子が、吉田健一であり、ウェイリーの弟子が、ドナルド・キーンであることは述べた。

私は、ウェイリーの偉業がどのようにして可能だったのかという疑問を、キーン氏に直接ぶつけたことがある。キーン氏の回答は、明瞭だった。

「私は、これまでの人生で本物の天才を二人だけ見ました。一人はウェイリー先生、もう一人は三島さんです」。そしてウェイリーが、あの膨大な大蔵経《だいぞうきょう》を実際に読んで理解していたことなどを話してくれた。

吉田健一、ドナルド・キーン、三島由紀夫。彼らは、「鉢《はち》の木《き》会《かい》」のメンバーやゲストであり、異色の同人誌『聲《こえ》』に集った人々である。ここから、戦後日本文学は、世界文学へと羽ばたいていった。その根っこの所に、ウェイリーがいて、源氏物語がある。鉢の木会のメンバーの一人に、神西清《じんざいきよし》（一九〇三～五七）がいる。堀辰雄の親友であり、ロシア文学の名訳者としても知られている。

その神西清が、「喪《も》のなかに」という短篇を書いた。ウェイリーの英語訳が完成する直前の一九三二年である。むろん、先ほど紹介した「朝顔」巻の部分は出版されている。私は、神西がウェイリーの訳で源氏物語を読んで、それを日本文学に逆輸入しようと試みたのではないかと思う。彼は、外国語を日本語に訳したとしか思えない、不思議な文体を採用しているのだ。

別荘番の爺やが鍵をとりに行っているあいだ、二人は玄関さきの砂道に佇《たたず》んで、今さらのようにその荒れ果てた洋館を見まもった。

これは、ウェイリー訳の読後感と非常に近い。

門番は、門の鍵を取りに行ったのである。開かないだけでなく、倒れそうな門。錆びた鍵。読者は、強烈な既視感を覚えることだろう。「朝顔」巻、「末摘花《すえつむはな》」巻、「蓬生《よもぎう》」巻。

たった二行の表現から断定するのは行き過ぎかもしれないが、明らかに源氏物語に特有の香気が漂っている。それは、源氏物語そのものというよりも、ウェイリー訳の雰囲気と近い。

ところが、神西清の才能に驚かされるのは、鍵をやっとのことで開けて廃屋の中へ入っていったのが、男と、彼の親友の未亡人の二人だったという奇妙な関係を知る瞬間である。この人間関係が生み出す「大人の恋心の切なさ」は、源氏物語は源氏物語でも、別の巻である。夕霧が、親友だった柏木の未亡人に会いに行く場面。

神西清はウェイリー訳で、少なくとも源氏物語の正篇を全部読んだのではないか。そして、「喪」という共通点を持つ複数の巻々を綴り合わせて、小説を書いた。静謐で西欧的な文体の「喪のなかに」は、源氏物語のいくつもの巻々が溶け込み、しかもなお現代小説でありえている。現代文学が源氏物語によって蘇生できる可能性を開拓したこと。それが、アーサー・ウェイリーの偉大さである。

源氏文化は、日本から海外へ広がり、再び里帰りすることで、源氏文化そのものを更新してゆくのだ。

世界の危機と立ち向かう批評精神

源氏物語は、ストーリーを先へ先へと推し進める部分と、人々がさまざまのテーマに関して議論を交わす評論的部分とが、うまく混じり合っている。始まって早々の「帚木」巻では、理想の女性論が夜を徹して語り合われる。物語の中盤の「蛍」巻では、物語とは何かについて、光源氏と玉鬘の二人が話し合う。「物語の中に物語論が入っている」。これは、ウェイリー訳を読んだ欧米の読者が最も驚いた点ではなかったか。さらには、音楽論・美術論・書道論・香道論など、実に多彩な内容が論じられている。

先ほども述べたが、もはや文学作品がストーリーの面白さで読者を魅了する時代ではなくなっている。源氏物語は、ある意味で夏目漱石の『吾輩は猫である』と似ている。どちらにも、「議論小説」の趣がある。偶然か必然かはわからないけれども、漱石は源氏物語の「批評的側面」を近代に復活させたのである。

漱石は、イギリス近代小説『トリストラム・シャンディ』に影響を受けたと言われる。源氏物語は、『トリストラム・シャンディ』と通底する類い希な批評精神と否定精神を持っていたことになる。

だからこそ、現代においても源氏物語は、現代芸術や現代文明、ひいては現代政治に批判的な見解を抱いている人々の「批評精神」を引き出す力を持っている。源氏物語を読んだ人は、人生や文明などに対して真っ向から切り込んだ評論を書きたいという気持ちになる。批評精神がいたく刺激されるからだ。

源氏物語は、読者を詩人にしたり、哲学者にしたり、批評家にしたりする。

人間とは何か。文明とは何か。世界とは何か。その解答を模索する誠実な読者が、世界各地で源氏物語を読んでいる。むろん、源氏物語を生んだ国である日本においても。

おわりに——紫式部との対話

ここで、明治時代以後に源氏物語がたどった運命について、簡単に触れておこう。源氏物語と紫式部の真実に迫ろうとする作業は、鎌倉時代初期の藤原定家から始まった。時あたかも、源平動乱の最中《さなか》であった。四辻善成は南北朝の混乱期。一条兼良・宗祇・三条西実隆・細川幽斎は、戦国乱世の時代にあって平和を渇望し、源氏学の火を守り続けた。江戸時代に待望の平和が到来して、北村季吟と本居宣長という二人の巨人が登場した。

源氏学から日本史を眺め直してみると、「戦争と平和」が合わさって一つのサイクルを形成していることがわかる。戦争が起きている時代に、細いけれども絶えることなく燃やされ続けた源氏学の松明《たいまつ》が、平和な時代に大きく燃えさかったのだった。

幕末の動乱から一転して、明治時代からは再び長い戦争の時代に入る。一九四五年八月十五日までである。そして、戦後の平和な時代に入る。またしても、「戦争と平和」のサイクルが繰り返されたのだ。ところが、戦争の時代であれ、平和な時代であれ、一貫して近代日本は源氏物語を冷遇したと言える。

一八七二年、近藤芳樹（一八〇一〜八〇。江戸時代後期には八大名文家の一人に数えられた長州藩士）は、『源語奥旨《げんごおうし》』という小冊子を書いた。国家を挙げて富国強兵・殖産興業に邁進している時代にあって、源氏物語などは「実用の書」でない、という批判が巻き起こったことに反論するためだった。近藤が立ち向かったのは、国家の未来を担う青少年に教育すべきは実学であって源氏物語ではない、という当時の痛烈な否定論である。

源氏否定論者から見れば、そもそも「文化」からしてが、社会と経済と軍事の発展に役に立たない無用の長物である。まして、源氏物語などのように、男と女の色恋しか書いてない文学など、無用どころか害悪である、というわけだ。

これに対する近藤の反論の根拠は、まことに苦しい。明治の御代《みよ》は、天皇を頂点に戴いた社会である。源氏物語は、藤原氏のリーダーである頭中将《とうのちゅうじょう》を斥けて、皇族出身の光源氏と藤壺が勝利するストーリーであるから、明治国家が目指している天皇制の理想と近い。だから、源氏物語は現代的意味を持つ「有用の書」である、という論法である。

これでは、弁明である。あるいは、何とか見逃してほしいという懇願である。

明治国家を推進した伊藤博文、山県有朋《やまがたありとも》、大久保利通などという錚々たる政治家の中には、一人の「柳沢吉保」もいなかった。柳沢吉保がいなければ、文化国家創造のプランナーとして、源氏学者が登用されるはずもない。

山県有朋は和歌を嗜み、森鷗外たちと「常磐会《ときわかい》」という歌会を頻繁に開くほど、文学好きだった。でも山県が、源氏物語を擁護したり、源氏物語を基本理念とする文化国家を作ろうとした、などという話は聞かない。

近藤芳樹は、「天皇制擁護」という一点に、近代日本で源氏物語が生き延びる道を見出そうとした。ところが、その天皇制から源氏物語が白眼視されたのが、昭和十年代である。光源氏は天皇の子であるが、源氏になった臣下である。その臣下が天皇のお后である藤壺と不義密通を犯すとは、何事であるか。そして、その結果として生まれた罪の子を冷泉帝として即位させてしまうとは何事であるか。源氏物語は、全編が一貫して淫蕩・淫乱・淫靡の書であるだけでなく、大不敬の書である……。

それでは、民主主義と戦争放棄を国是《こくぜ》とした戦後の日本では、状況は好転しただろうか。経済成長という新しい国家目標に向かって国民が一丸となって突き進んでゆく時代に、またしても源氏物語は取り残されてしまった。

二十一世紀に入っても、状況は一向に変わらない。それどころか、悪化している。全国各地の大学から、文学部が消え始めている。その文学部の中で最初に消えるのは、英文科と国文科である。日常の英会話は重要だが、シェイクスピアは要《い》らない。日本語のディベート能力は必要だが、源氏物語などは要らない。「効率化」が大切なのだ。

明治以降、「戦争と平和」のどちらの時代でも、源氏物語は冷遇され、蔑視され、迫害された。それが、近代日本の本音だった。

しかし源氏物語は、そんなことで滅亡するようなヤワな作品ではない。何せ、紫式部によってこの世に生み出されてから、八百年近くかかって、本居宣長が「もののあはれ」を新発見したくらいである。どの時代にあっても、それぞれの時代に適応し、「新しい読者」を獲得することに成功してきた実績がある。

ダーウィンの進化論に準《なぞら》えていえば、源氏物語は常に進化する生命体だった。生命体は、順境にある時よりも、逆境にある時の方がむしろ「適応力」が強まり、変異を起こす。すなわち、進化する。そして、どんな時代でも生き延びる。

江戸時代には、皇族や貴族ではない北村季吟や本居宣長が、源氏学の最高水準に到達し、それが出版物によって一般大衆へと浸透していった。「堂上《とうしょう》から地下《じげ》へ」という雪崩《なだれ》が起きたのだ。

近代日本では、「男読みから女読みへ」という、大きな潮流が発生した。一九一二年発行の与謝野晶子『新訳源氏物語』が、そのターニング・ポイントだった。

男たちは、源氏物語に「天下国家」を動かす政治教訓書としての有用性を認めるか認めないかという次元で論争していた。その結果、源氏擁護派は惨敗した。晶子は最初から、源氏物語や『伊勢物語』を「天下国家の書」としては読まなかった。

物語には、女たちの苦しみが書かれている。自分には、そうとしか読めないと、晶子は啖呵を切った。「どうすれば、源氏物語が社会をよい方向へ改革できるか」ではなく、「今、現に私が個人として直面している女の苦しみが、いかに源氏物語の登場人物と似ているか」に気づくこと。それが、晶子の読み方だった。

晶子以後にも、谷崎潤一郎、川端康成、橋本治など、源氏物語に関心を持った男性作家は多い。だが、女神崇拝の谷崎が端的に示しているように、繊細な感性を持った男性作家だと言えよう。

円地文子《えんちふみこ》、田辺聖子、瀬戸内寂聴、尾崎左永子《さえこ》など、現代語訳に挑んだ女性作家は、それぞれに個性的な源氏観を持っているのだが、「女読み」を極限まできわめようとする努力だったと見ても、大きな間違いではあるまい。それは、源氏物語が社会的に無用だと見なされていようが、有用のものとして評価されていようが、関係のない読み方である。

「私は、こう読んだ」「私は、こう感じた」という「個・孤」の世界であり、主観の世界である。国家という枠組みに縛られた「近代」という時代の制約を突き破る読み方だった。

二〇〇八年は、源氏物語の千年紀に当たる大きな節目である。これから、源氏物語はどこへ行くのか。おそらく、新しい読みを引っ提げて、その時代の文化・芸術を一変させる「天才的な読み手」が現れるまでは、「女読み」の時代は続くだろう。

だが、指をくわえて天才の現れるのを待っているだけでは、「守株《しゅしゅ》（株《くいぜ》を守る）」という故事成語と同じである。

私は大学三年生の時に、源氏物語の原文に初めて触れた。そして、この物語が現代人の心の領域のすべてをカバーしていることに驚嘆し、一生の研究課題にしようと決心した。なぜかわからないが、現代語訳は体質的に受け付けなかった。だが、ウェイリーの訳した英語には、感嘆するし感動もする。「現代語訳」に抵抗感があるのではなくて、「口語訳」に違和感があるのだと、しばらくして気づいた。

源氏物語について書かれる論文の数は、膨大である。近年の実証的研究の進展には、目を見張るものがある。ただし、この物語の本質に触れ、作者が千年間も隠し続けた素顔を暴き出す画期的な論文には、お目にかからない。

私は、ここ十五年近く、『増註湖月抄』と『岷江入楚』とをひたすら読み続けてきた。時折、ウェイリー訳も読んだ。北村季吟が集大成した『湖月抄』を本居宣長が修正・深化させた結果、大変にわかりやすい『増註湖月抄』。そして、細川幽斎と中院通勝のコンビが中世源氏学を集大成したけれども、大変にわかりにくい『岷江入楚』。ここから、源氏物語の新しい読みの扉を開くヒントが発見できるし、ここにしか新しい読みの鍵はないと信じたからである。

紫式部と魂の対話を交わし続けてきた巨人たちの「問答集」が、ここにある。それを傍聴しているうちに、時として巨人たちの質問が的はずれだと感じたり、自分ならこういう質問を作者にぶつけてみたいと思ったりしたことがある。特に、「帚木」巻の「雨夜の品定め」は、多くの巨人たちが発問したけれども、まだ謎が解明されたとは言えない。私個人は、「雨夜の品定め」に照準を絞って、新しい読み方の突破口を見つけたいと思っている。それが、新しい源氏文化の扉を開くことを期待している。

源氏物語の新しい読みは、「定家から宣長まで」の歴史を改めてたどり直すことで、初めてもたらされるだろう、という話をしてきた。本書も、そのために書かれた。

だが、あと二つ、必要な検証作業がある。

一つは、「定家以前の読み方」を知ることである。紫式部の同時代の人たちは、どのように読んだのだろうか。言葉の意味も、歴史的背景も、そして本文が引用している古歌も、作品で使われているモデル（准拠）も、作者と同じ時代の読者には自明だった。そういう人たちは、「定家から宣長まで」の苦闘の源氏学の手助けがなくても（つまり『増註湖月抄』がなくても）、一対一で作品と向かい合えた。その時、何を読者は求め、何を読み取っていたのだろう。それを知れば、本居宣長を最後に途絶えてしまった（国内における）源氏学の巨人の系譜の次なる方向性が見えてくるかもしれない。

もう一つは、「宣長以後の読み方」を総括することである。明治時代に欧米から、文献学や文学史の方法論が輸入された結果、「国学」は「国文学」へと衣裳替えを行った。そして、比較文学・神話学・構造主義・深層心理学・文化人類学・記号論・ポストモダンなど、その時々の最先端の思想が輸入され、それに呼応する源氏研究が試みられた。それら「外からの刺激」に触発されて、源氏物語の内なる何が顕在化したのか。そして、さまざまな「誘い出し」にもかかわらず、何が一向に姿を現さなかったのか。天才宣長も知らない「近代の試行錯誤」を整理すれば、これまでで最も有効だった方法論が何だったか、これまで不足していた働きかけが何であるか、見えてくるかもしれない。


このように考えてくると、源氏物語を読むことの最終目標がはっきりしてくる。千年前に書かれた物語は、現代人の心を揺さぶり、人間観と世界認識を変える力を、今なお持っている。この物語を読むことで、読者の人生は大きく変わる。その力の根源に迫ること、それが源氏物語を愛する者のめざすべき目的である。

「現代」という時代を見つめ、現代人でなければできない「新しい切り口」で鋭く切り込んで、死にかかった古典である源氏物語に決定的なダメージを与えねばならない。不思議なことに、そうなって初めて、現代に適応すべく源氏物語は進化と再生を開始する。追いつめられなければ、この物語は新生しない。

幸か不幸か、近代は源氏物語を逆境に置き続けてきた。だからこそ、「女性たちの心」という新しい住みかを発見して、この物語は生き延びた。延命しただけでなく、彼女たちの心の中で成長し、新しい本質を獲得した。読者と共に、源氏物語は進化し続けた。これからも、進化し続けねばならない。

源氏物語は、日本だけでなく世界中で、読者の生きる現代を共に体験するために、生き続けてきた。不朽・不変の本質を守り通すのではなく、時代と地域に応じて柔軟に本質を変えるのだ。だから、紫式部は時代の数だけ、読者の数だけ、素顔を持っていた。

これまで紫式部の素顔を見た人が、一人もいなかったのではない。本文を読んでいるうちに一人一人の読者が見たと思ったものこそが、紫式部の素顔であり、源氏物語の本質だったのだ。

これから、源氏物語が宿るのは、誰の心なのか。その心の中で、紫式部はどんな素顔を見せてくれるのか。源氏物語は、どのように新しい現代性を獲得するのか。

宣長を超える未知の天才の出現を待つのは、ベケットの戯曲ではないが、ゴドーを待つのと同じくらい不毛なのかもしれない。いや、天才はもう出ないかもしれない。出なくてもよいのかもしれない。天才の不在が、現代社会の特徴であるのならば。

平凡な人間ではあるが、かけがえのない命を持った現代人の一人として、自分なりに源氏物語と向かい合い、作者と対話すること。それが、次なる「二千年紀」まで源氏物語を生きて成長させるエネルギー源となる。

私たちと一緒に、そして私たちの子孫と一緒に、源氏物語はこれからも生き続け、変わり続けてゆく。源氏物語は、終わらない。

本書は、二〇〇八年一月から十回にわたって、共同通信社から配信された「命をつないだ人々——源氏物語千年」を大幅に加筆したものである。本書の誕生に協力してくれた共同通信社文化部の田村文記者と、新潮新書編集部の内田浩平氏に、心から感謝の言葉を献げたい。

主要参考文献

阿部秋生・秋山虔・今井源衛・鈴木日出男・校注・訳『源氏物語』（小学館・新編日本古典文学全集・平成六〜十年）
池田亀鑑『源氏物語大成』（中央公論社・昭和二十八〜三十三年）
吉沢義則『対校源氏物語新釈』（国書刊行会・昭和四十六〜四十七年）
伊井春樹・編『源氏物語引歌索引』（笠間書院・昭和五十二年）
伊井春樹・編『源氏物語注釈書・享受史事典』（東京堂出版・平成十三年）
片桐洋一『伊勢物語の研究・研究篇』（明治書院・昭和四十三年）
片桐洋一『伊勢物語の研究・資料篇』（明治書院・昭和四十四年）
片桐洋一『中世古今集注釈書解題』（赤尾照文堂・昭和四十六〜六十二年）
玉上琢彌・編『紫明抄・河海抄』（角川書店・昭和四十三年）
吉森佳奈子「『河海抄』の『源氏物語』」（和泉書院・平成十五年）
伊井春樹・編『松永本・花鳥余情』（桜楓社・昭和五十三年）
中野幸一・編『花鳥余情・源氏和秘抄・源氏物語之内不審条々・源語秘訣・口伝抄』（武蔵野書院・昭和五十三年）
永島福太郎『一条兼良』（吉川弘文館・昭和三十四年）
中野幸一・編『明星抄・種玉編次抄・雨夜談抄』（武蔵野書院・昭和五十五年）
伊井春樹・編『細流抄・内閣文庫本』（桜楓社・昭和五十年）
原勝郎『東山時代に於ける一縉紳の生活』（講談社学術文庫・昭和五十三年）

細川護貞『細川幽斎』（求龍堂・昭和四十七年）
『岷江入楚』（日本図書センター・昭和五十三年）
中田武司・編『岷江入楚』（桜楓社・昭和五十五～五十九年）
野口元大・徳岡涼・編『幽斎源氏物語聞書』（続群書類従完成会・平成十八年）
北村季吟・他『増註源氏物語湖月抄』（名著普及会・昭和五十四年）
北村季吟・他『源氏物語湖月抄・増注』（講談社学術文庫・昭和五十七年）
島内景二『北村季吟』（ミネルヴァ書房・平成十六年）
宮川葉子『柳沢家の古典学・上』（新典社・平成十九年）
『本居宣長全集』（筑摩書房・昭和四十三～平成五年）
小林秀雄『本居宣長』（新潮社・昭和五十二年）
Arthur Waley "The Tale of Genji", London : George Allen & Unwin. 1925-33.
宮本昭三郎『源氏物語に魅せられた男　アーサー・ウェイリー伝』（新潮社・平成五年）
秋山虔・監修『批評集成・源氏物語』（ゆまに書房・平成十一年）
伊井春樹・監修『講座・源氏物語研究』（おうふう・平成十八～二十年）

島内景二　1955（昭和30）年長崎県生まれ。電気通信大学教授、日本文学研究者、文芸評論家。東京大学文学部国文学科卒業。同大学院博士課程修了。著書に『光源氏の人間関係』『文豪の古典力』など。

Ⓢ新潮新書

284

源氏物語《げんじものがたり》ものがたり

著　者　島内景二《しまうちけいじ》

2008年10月20日　発行
2024年 6 月10日　3 刷

発行者　佐　藤　隆　信

発行所　株式会社新潮社
〒162-8711　東京都新宿区矢来町71番地
編集部(03)3266-5430　読者係(03)3266-5111
http://www.shinchosha.co.jp

印刷所　株式会社光邦
製本所　株式会社大進堂

ISBN978-4-10-610284-4 C0295

価格はカバーに表示してあります。

Ⓢ新潮新書

001
明治天皇を語る
ドナルド・キーン

前線兵士の苦労を想い、みずから質素な生活に甘んじる――。極東の小国に過ぎなかった日本を、欧米列強に並び立つ近代国家へと導いた大帝の素顔とは？

005
武士の家計簿
「加賀藩御算用者」の幕末維新
磯田道史

初めて発見された詳細な記録から浮かび上がる幕末武士の暮らし。江戸時代に対する通念が覆されるばかりか、まったく違った「日本の近代」が見えてくる。

312
天皇はなぜ生き残ったか
本郷和人

武士に権力も権威もはぎ取られた後、かろうじて残った「天皇の芯」とは何であったか。これまでほとんど顧みられることの少なかった王権の本質を問う、歴史観が覆る画期的天皇論。

419
将軍側近　柳沢吉保
いかにして悪名は作られたか
福留真紀

黒幕として辣腕をふるうダーティーな政治家――。小説やドラマに登場する「柳沢吉保」像は、本当なのか？　史料を丹念に読み解き、新進の歴史家が真実に迫る。

1021
歴史は予言する
片山杜秀

ローマ滅亡の裏に「少子化」、ウイグル美女が中華皇帝を倒す「幻の日本製オペラ」、ジャニーズ創業家と皇室の意外な関係――。教科書に載らない秘話から「この国の未来」が見える。